自序

龔鵬程

時代的邊緣人。這是個好名詞。這種人，應該有點頹唐、有點浪蕩、有點憤世嫉俗的趣味、有點玩世不恭的心情。對時代，雖有感受，卻乏激切參與的衝動；於社會，尚存若干遐想，然畢竟已無對策。偶或慷慨使氣，亦嘗獨立蒼茫。但卻任憑時代的巨輪，滾動起遍地風沙。風沙雖也偶爾會吹上他們的衣衫、會沾滿他們的鬢眉。然而此風塵僕僕者，卻非趕路的旅客，只是在時代邊緣，以一點點嘆息，爲時代做些注脚的無聊人罷了。

當然，沒有人生來就屬於時代的邊緣。每個人都曾想衝進時代的激流中，乘風破浪，揚帆遠航。然而，時代的激流，像個漩渦。旋呀旋，旋呀旋。人在其中，載浮載沉，只有兩種結果：一是逐漸旋入時代的核心，位踞要津，所以慘遭滅頂；一是逐漸旋到邊緣，投閒置散，泛成了一圈圈泡沫。

人究竟該沉入漩渦的底層，隨彭咸之所居；還是該堅持一種泡沫人生觀呢？想來，這個問題也著實不易回答。我小時，常曉課去溪邊玩耍。那條溪水邊，雖亦不乏養鴨人家、牛童歸鳥之類田園牧歌的情調，但溪流早已被上游工業廢水所污染，水光瀲灩，俱呈琥珀色。湍激跳踉，衝到岸邊長林竹叢間，遂泛結起一簇簇團花似的泡沫，如堆雲錦、如織蠶繭，灰白橙紫，迷離萬狀。我常懸坐樹根，於豐草敗葉中，對此夢幻泡影。感覺旣幽深，又玄秘、詭異，而且特有一種衰颯頹廢的氣息，令我又恐懼又躭溺。我喜愛這種氣氛，遠勝於衝浪弄潮。因此，對我而言，或許更適合那泡沫的人生觀吧。

依此泡沫的人生觀而言，人生已爲泡沫，生活中偶然興作的一些事，當然更屬泡沫無疑了。古哲云：堯舜事業，如浮雲一點過太空。蓋亦爲此泡沫黨人的宣言之一。這跟堯舜事業比起來，寫作，這種「不朽之盛事」，雖算不了什麼，但其爲泡沫則同。這本書裏所收的，就是這樣一種時代邊緣人的生活泡沫。零碎雜沓，貌似編珠，實屬泡幻。

幸而生活不全是作夢。佇立於時代的邊緣，我有更多的時間讀書、讀人、還有讀世。讀記所得，便成此書。固然此亦如在水上書字，凡所記述，終不免被時代的激流沖刷得乾乾淨淨。但至少現在它尚未隨時代而俱滅，對這個時代中人來說，它或許仍是有意義的。

我於民國七十七年，曾因蔣廉儒先生之薦，擔任了劉恆修先生所辦《中國晨報》的總主筆。遽操筆政，譏彈時事，快意逞詞，不免有點飄飄然。但不久我便厭倦了這種追逐時代巨輪軌迹的生涯，無冕王遂掛其無冕之冕而去。幸而這只是掛冠，不是封筆，故先後仍替《民生報》開過「指南針」「龔鵬程讀書」、爲《中華日報》闢「存思錄」、幫《新生報》寫「如是我聞」等專欄。信筆所之，風格各異。偶或意存諷諭，然多以文爲戲、莊諧並陳。典麗高華，愧乎未能。

在此期間，我又進出大陸十幾次。壯遊萬里，觸目多哀，感人世之轇轕，覺滄桑如一瞬。對我的心靈，產生了深刻的撞擊。歷史、鄉土、人情、世故，交融混織爲一種難以言詭、漆黑一團、徹底絕望而又難掩奮激的心情。廣大蒼涼，境絕歌哭。到此境地，本來就不適合發爲文辭，因爲沒有人會看得懂，我自己也寫不清楚。因此所感甚多，所寫反而甚少。「六四」前後，偶有幾篇文字，亦嘗惹得此地某些人士不快，在報端大張義旗，曰：「向反動法西斯學者龔鵬程宣戰」。斯語豪健，令人激賞，我是很佩服的。

大抵就是以上這些人生之泡沫，形成了寫下這些文字的因緣。今將付刊，略爲編次，隱隱約約可以分成「讀書」「知人」「論世」三個部分。是的，人生別無所他，說到底，也不過就只是盡其本份地讀書、知人、論世而已。

中華民國七十九年九月秋風初起時

目次

樂乎偏見

爲慶祝偉大的婦女節，特購一册歐洲百科文庫的《女權主義》來看。看到 A. Michel 在書中大談：「在新石器時代的女系社會裏，我們找不到任何跡象足以證明這種社會有戰爭存在」，不覺哈哈大笑。

這本書其實只是一般婦女那種：「世界都是被你們男人搞壞了！男人好鬥、女人愛好和平，所以應該由女人來掌權」簡單邏輯的表演，鑲之以學術語言而已。所以，上古母系社會是和平的，父系開始便有了戰爭；封建初期婦女地位高，故名之爲和平時代；十二世紀到文藝復興，婦女也一直在抗議戰爭；直到現在，女權運動仍將爲和平奮鬥，並希望「將我們這個資本主義男性文明的一切價值和準則，統統顚倒過來」。

這當然是偏見，故其中謬誤及不合史實之處甚多。然而，誰沒有偏見呢？亞里士多德認爲奴隸天生就低賤，黑格爾認爲亞洲是劣等文明，王充不信災異而居然信仰氣運，章太炎不相信甲骨文，曾國藩說《史記》半屬寓言，顏元主張勒令和尚還俗、並命和尚尼姑互相婚配……，古往今來，任何荒謬絕倫的想法，都有睿智博雅的學者提出過。而且，越是偉大的學者，其荒謬的程度，似乎也越驚人。此皆荀子所謂通人之蔽，也就是偏見。古今哲人之無偏見者，所見只有孔子。但孔子說：「食不厭精，膾不厭細」之類，又豈可據以爲典要？

故讀書的樂趣，固在尋覓眞理，實亦在欣賞偏見。因眞理不易得，所以凡持之有故、言之成理的偏見，都值得吾人欣賞。這種欣賞，既須胸襟，也要有眼力。於持之有故言之成理的論調中，能洞察其爲偏見，本來就非易事。而知其有偏有蔽，卻能欣賞之，更爲難得。我們應提倡這種態度。因爲能賞味他人之偏見者，才能了解自己所說其實也只是一種偏見。

我之讀書，基本態度如此：不僅獨持偏見，更以得覩偏見爲樂。讀《女權主義》只是其中一例耳。茲當專欄新闢之際，特此敬告，俾免誤會。

七十八、三、十一《民生報》

攻乎異端

黃炳寅《紅樓夢創作探秘》一書，近期出版。該書力攻胡適所代表的考證派紅學，認爲五四健將們站在破除迷信的立場上，忽略了《紅樓夢》這本書的怪力亂神部分，故於書中要旨，往往不得其解。因此他便大談《紅樓》與全眞教、謠讖、魔障、夢占、民間禁忌、八旗婚喪……等的關係。他的研究成果如何，我非紅學專家，不敢妄議。但我以爲這種研究，很値得鼓勵。

孔子曾說過：「攻乎異端，斯害也已」，有些儒家就解釋爲：得好好研究異端才行。這種攻治異端的精神，若不幸淪喪，學術便要僵化了。紅學的研究，我以爲五四以後，遠不及清代或民初豐腴複雜，即使是蔡元培的「笨猜謎」：《石頭記索隱》，也比考證派紅學更能益人神智。可惜五四以後考證派一支獨霸，高踞正統。《紅樓夢》是曹雪芹的家族史或自傳、後四十回是續書之類「定論」，已成爲一般人的基本常識。這自然就形成了紅學研究及閱讀小說方法的僵化。

我一向主張打破這種僵化，故亦曾重新刊行《石頭記索隱》。然我並不盡贊成索隱派，這樣做，也非獨有感於紅學研究之僵化。而是認爲我們整個文學史的理解，可能都存在著這樣的正統化危機，都須要攻治一下異端。例如五四以後，都說漢代以賦爲正統，唐以詩、宋以詞、元明清則以小說戲曲。那我們何不搞搞明詩、唐宋駢文？在我的日記中，我擬編過一本《偏統文學史》，今抄其目錄如次：

①導論，②兩周金文辭、謠諺、佚詩、外傳，③秦漢金石、四言詩、易林、參同契、緯讖，④南北朝散文（含墓志、佛道書及譯書體），⑤唐四六、排律、嘲謔體，⑥宋四六、宋曲、語錄、論藝文字、日記，⑦元遺民文學，⑧明清八股，⑨清詩、索隱派紅學、鴛鴦蝴蝶、清遺老、雜事詩。

這個目錄，挺有意思吧！不必待我編，每個人讀文學史時，都可以像這樣「攻乎異端」一番。

七十八、五、二十七《民生報》

鬼話連篇

我忝爲《小說族》雜誌之編輯委員，然於該刊編務，既無義務，亦無權利，僅每月得贈閱一册而已。拜讀迄今，但見滿紙飲食男女；本期忽有一談鬼的專號，不免精神爲之一振。談狐說鬼，古今同樂。近來作家如司馬中原等，亦不寫人間情事，改談鬼掌故了。這恐怕不是創作力業已衰竭，而是別有懷抱罷。不過就出版市場而言，鬼書鬼話，也確有暢銷的趨勢。整個社會，靈異玄談之風大盛，正與此一趨勢有密切的關係。

然而，靈學書刊雜誌雖已銷行坊間，有關靈異的研究似乎尚少展開。談靈異、論鬼狐，均仍停留在描述恐怖經驗、神秘氣氛之中，層次不高，且有非理性的傾向。還有一大部分與世俗價值相混揉了，企圖藉著靈異去滿足發財、婚姻、權位等各方面的欲求。以致神棍藉之運用，形成了不少社會問題。而不幸這些問題，並不容易暴露在陽光之下檢驗。習慣了五四新文化運動以後，接受近代西歐理性思維的人，雖然在情感上仍對靈異世界深具興趣，卻不常面對這個世界，既不能究其理，亦不願察其實。這樣發展下去，只怕非人羣社會之福。

這令我想起了嚴復。嚴復的歷史形象，代表著中國現代化的啟蒙者，是把西方經驗論和進化論介紹到中國來的大師。但幾乎從來沒有人曉得他對靈異問題也頗爲關切。民國三年二月，《庸言》第二十五、二十六期合刊本上，載有嚴復與侯毅書；民國五年八月十七日，他又有與俞復書，都詳細討論了《靈學叢志》中有關靈異的事，並舉溥儀老師陳弢庵與淨名詩社事爲證。淨名詩社扶乩事，又詳陳衍《石遺室詩話》，與光緒朝掌故有關。而嚴復靈學思想這一面，則尚未爲評價嚴復者所抉發也。

這是我讀《嚴復集》的心得之一，於鬼話連篇之中，可以看出一位大思想家之思想是十分複雜的。也可見靈異問題是一深刻的人類生命問題，所以也無從閃躲逃避，而應更眞誠地去面對，去研究、去處理。嚴復的態度，可做我們的楷模。

七十八、三、十八《民生報》

胡說八道

友人嘗告我：香港神女開業，有在門口立一招牌，名「獨有小口吹玉簫」者。旅港未見。但偶讀洪業《我怎樣寫杜甫》，得知洋人不僅常揑造事端，嵌入杜甫生平，更會代老杜寫洋詩；弄些綺語豔詞，加上美麗浪漫的裝幀，就編成了《玉簫》（*Le Flute de jade*）《白玉詩書》（*Le Livre de jade*）之屬。追思前言，竟爲之噴飯。

此事頗不雅馴。然異文化接觸時，此類荒唐胡謅的典故，倒也並不罕見。例如沈德潛在《國朝詩別裁》凡例中批評：「動做溫柔鄉語，如王次回《疑雨集》之類，最足害人心術，一概不存」，倪鴻《桐陰清話》也說：「《疑雨集》不免近於猥褻」。其書在中國詩壇中，地位當然是不高的，相信今天一般讀者也未嘗聞其大名。然而，永井荷風，這位日本近代名作家卻對此書大爲推賞，謂：「其形式之端麗、辭句之幽婉，又其感情之病態，往往可與蒲特雷（Charles Baudelaire）之詩相對抗。在中國詩集中，吾不知尚有如《疑雨集》之富肉體美者乎?」

他的話，似乎有以病態、肉體美去期待另一國的詩或整體文化的嫌疑。但仔細想想，便知此亦人之常情。殷海光旅美，作《旅人隨筆》，第一則是「和尚讀邏輯」，第二則就是「當街接吻」了。那號稱清末開明知識份子的先驅者王韜，自云少卽喜讀域外諸書，時欲遠遊外國。但剛出境到香港，注意到的，就只是太平山妓女的腳：雖然雪圓光致，卻不够小。並作竹枝詞一首，咏「鹹水妹」。咱們中國人去外邦參觀考察者，耳目心志，尚且如此，又怎能怪東西洋人以香豔求諸中國詩，一旦求之不得，便只好自己寫上幾首，冒充中國詩人作，聊過乾癮了。

此等心理，卽是《寰宇採風錄》、《初夜權傳奇》之類書籍出現的邏輯。對於異國遠人，投之以荒唐的想像，期待他們符合「奇風異俗」的標準。對於性，更是特別地好奇。但我們在聽讀這類傳述時，恐怕得格外當心。誰能保證那不是「玉簫」呢?

七十八、三、二十五《民生報》

貴古賤今

蘇東坡〈讀孟郊詩〉說他讀孟郊詩：「初如食小魚，所得不償勞；又如煮彭蜞，竟日持空螯」。此種況味，喜歡讀書的人，往往都會遇到。

許多人喜歡蒐集秘笈珍本，也有許多人以博覽自負。但替書齋命名時，卻也不乏偏激之士，故意說他只是「讀所見書室」「讀易見書齋」等等。

確實，讀所見、易見之書，是要勝過專門搜羅奇珍秘笈的。從古迄今，書何其多？但其中廢物可也不少。讀書人日讀此種食之無味、棄之可惜的東西，尚且頭疼不已，哪有閒空專門去找些冷僻無聊的書刊？何況，書既冷僻殘佚，便有可能是它原本價值不高。否則當如烏參魚翅，人人喜食，不致棄之不顧也。自晚淸楊守敬從海外搜得《古逸叢書》以來，這些佚書珍秘，發現得也不算少，但價值畢竟有限得很。

讀古書如此，讀今人書更糟。資訊發達，出版蓬勃，日製文字垃圾數百萬噸。豈只如食小魚，所得不償勞？簡直要把人給嗆壞了。我本來頗不愚笨，但現在因讀書太多，已不太聰明，將來恐怕更慘。

因此，關於讀書，我是「不薄今人愛古人」的。今人非不薄，不敢菲薄也。在我們這個時代，人人都自以爲是，都自以爲可以批判傳統、撻伐古人。動輒說古人某處錯誤、某處是被時代所局限。但老實說，不論性情或學問，咱們有幾個人夠資格跟古人一較短長？現在的文字垃圾，有幾冊眞是精萃不磨的？讀今人書，往往對我啟發甚少，而爲害頗大，倒不如好好讀幾本古書來得實際些。卽使要讀今人著述，亦常愼所抉擇，以免爲流行風潮及俗世聲名所擾。

這當然不是一種十分健全的讀書態度，不過，總算是健康的。現代人或許眞該多讀些古書了。

七十八、四、二十二《民生報》

同病相憐

錢鍾書曾挖苦人說：一般作家學者總是先寫書，然後慢慢名氣大，資格老了，就替人寫序；再老一點，則序也不用寫了，只管幫人封面題字。

他說得好！但漏了談編書這一階段。通常作家與學者都是在寫不出東西來時，就去編編書的。成書既易，位望亦尊，何樂而不爲？

但話說回來，寫書難，編書又豈是容易的事？最近我請日本九州大學町田三郎博士來淡江演講，他談的日本漢學家服部宇之吉，生平最大的貢獻，也不過就是編了一套《漢文大系》而已。編書之難與重要，可以想見。不幸世人往往把它看得太容易，以爲抄撮薈集一些材料，就可以搞出一部書來。其實不然。

近讀《清詩話訪佚初編》，便覺此編與楊守敬《古逸叢書》相去甚遠。因爲編者不嫻目錄版本之學，原書在影印時又常出現文字漫漶不清、版型斜曲歪側的毛病，故常不便參閱。

而且既名為訪佚，卻收了些已錄入《續清詩話》中或早已排印問世的資料（如《石園詩話》、《霞外攟屑》之類）。每書前面所附提要，也沒有說明所據版本為何、原藏何處、與其他版本有何異同等等。其中有些版本的選擇明顯有問題。為什麼編者不選卷帙完備者，而偏採較不完備者，亦缺乏交代。提要文字，也稍嫌草率。又文舌冗沓，如謂平步青「談詩論議之餘，喜為考據。故於一事一詩，爬梳源委，引徵前說，頗為明白，無空談臆斷之失，殆亦習氣使然」。「前說」與「習氣」二詞之用法都不確當。諸如此類，均可讓我們了解；編書是「成如容易卻艱辛」的事，而且往往比自己寫書更容易出紕漏。

我編過許多書，鬧的笑話、捅的漏子比誰都多，故舉此一例，以示同病相憐之意。並建議讀者：(1)宜體諒編者之勞，稍宥編者之失。(2)讀書要得益，不妨試著自己編書。把閱讀所得，根據主題或作者等線索，串聯起來，組成一書，對於組織能力、鑑別能力以及對資料的敏感，都是很好的訓練。未寫之前，先試著編；何必等到寫不出來，才去弄呢？

七十八、四、十五《民生報》

白晝見鬼

一本書，常會對人的思想產生很大的影響，誰都不否認。但我們是否想過：我們對於世界的觀察，對於現實事物的理解，其實也仍被我們所曾讀過的書左右著。

例如小學生去遠足，回來寫遊記，每個人寫的內容都差不多，並沒有誰「看」到了什麼不同的東西。因爲他們所讀過的文章基本上就差不多。宋朝有個詩人叫陳淵，很喜歡陶淵明的詩，結果他出去郊野旅行：「我行田野間，舉目輒相遇」，一眼望去，都是陶淵明所曾吟咏過的情景。

我們不要笑小學生或陳淵，每個人都自以爲我們能看到什麼，卻不太能覺察到我們所能看到的東西，甚至我們看的方式，其實都深受書本子的影響。

清末丘煒萲在《客雲廬小說話》卷三談及此理，云：「蓋胸中有一先入者爲主，猶如佛未出世，人亦何曾見過地獄影響；佛旣出世，世之死去復甦者，咸隱隱若或一遇牛頭馬面、刀山劍樹來也」。如果不是佛家描述了一個地獄世界，人就不會白晝見鬼或魂遊地府。見了鬼的人，以爲他眞的看到了什麼，其實他只是剛好讀過了什麼而已。

不只田野和地獄。面對我們身處其中的社會，具體而現實存在的社會現象，彷彿扣之有聲、捫之有物，不可能如白晝見鬼那樣虛幻縹緲，只屬於心靈的幻構。但是，相信確曾見鬼的人，又何嘗不以爲鬼非常眞實呢？我們確實相信社會「是」什麼，往往也與我們所讀的東西有關。

在今天的臺灣，相信現代化理論的人，跟鑽研依賴理論的先生們，他們描述起臺灣社會「現狀」，你會以爲他們談的是兩個國家。搞社會主義的，與信仰自由主義的學者，對於歐美歷史及社會現況的論述與評價，也必然南轅北轍。根據某些理論，臺灣是法西斯統治、警察國家，你若稍有懷疑，他就會舉一些「實例」來證明，確實有人監視、迫害、封鎖他。這些，有時眞、有時假，誰也無法判斷那是否爲白晝見鬼。

做爲一個人生的讀者，我們唯一的辦法，就是隨時注意書本與現實的詭譎關聯，並努力看不同的書、觀察不同的「事實」。

七十八、四、二十五《民生報》

壽終正寢

我愛讀史，然近來輒欲作無史論。此固由於我們這個社會大環境缺乏歷史意識、整個時代缺乏歷史感所致，本世紀史學的發展，似乎也助長了這一趨勢。

第一次世界大戰前後，克羅齊便呼籲歐洲人注意當時已勢力漸盛的反歷史主義傾向。當時某些政治團體心目中的價值只是生命與鬪爭；某些哲學，如存在主義，其重視現在與未來，也甚於過去。生命、個人之決定及奮鬪，界定了人之本質與歷史。戰爭又使得人對過去的制度與觀念感到幻滅。以致樂觀的未來主義，加速地要帶人反叛過去，奔向未來。而不樂觀的心理學等，則特別注意到歷史中的非理性因素。

歷史與文明，遂在根本上只成爲一種人類無理性的投射及虛飾，歷史的意義與價值，乃備受懷疑了。

事實上，除了史學理論之外，現實生活裏，機器、城市與日新月異的科學、急速變動的世界，也很難讓人生出深邃的歷史感。歷史，逐漸成爲考古的一部分。我們現在的史學教育，大抵上就是史考。

無論教學還是研究，均以史事及史料之勘考爲主。史法、史例、史著，都是不再講求的了。用舊的史體來說，現在的研究，都是紀事本末體的嫡系。類聚史料、排纂事蹟、整齊遺聞而已。

要說到史例史法或史著，莫說大學及研究機構罕有人懂，卽使是國史館對此也是懵懵懂懂的。

如國史館所定〈國史擬傳寫作辦法〉，便多可商。古有「循吏傳」，是政府委派的地方官，現在縣市長皆由民選，怎能再稱循吏？卽使改爲「循良」，亦屬不辭。「儒林傳」，用在古代是可以的，現在並無純儒，則「儒林」與「碩學」有啥區別？且傳主若皆須卒於民國元年以後，開國烈士又如何入史？凡此種種，皆無史識史法。又規定書忠貞之士卒，叫壽終、殉國。都不通。壽終者，如明太祖好殺，史謂臣工能以壽終，是幸之之辭；處危國當效死，而史曰以壽終，則爲貶之之辭。豈能一概相量？至於殉國一詞，用法如殉葬，是與葬者俱死才叫做殉。故殉國者，國亡而後殉之。現在民國未亡，能殉不能殉呢？

史法史例之不講，欲爲有史論，可乎？

七十八、五、二十《民生報》

魂兮歸來

書評的權威與作用，一直未能建立，是大家都知道卻無力改善的事。原因很多，一是在現今商業體系的運作中，書評與廣告實在愈來愈難區分，既是廣告，理應吹噓。二是在今天媒體運作與編輯企劃之下，書評必須服務於媒體之性格與編輯要求，否則不能出現。第二是眞正好的書評確實難寫。現在的情形是：作者既多荒誕，評者亦常草率。以致作者不服氣，讀者也看得一頭霧水。捺不住的，索性來個批評的批評或反批評，吵成一團。反過來說，也有些高明的評者，雖指點剴切、洞中肯綮，無奈作者程度太差，不是頑冥不靈，就是敝帚自珍，反來大興問罪之師。這些，都足以使評者卻步。

至於一般人所常以爲的：中國人好面子、中國人不善公開作客觀批評、中國人好講人情之類，我們倒以爲與此沒啥相干。

理由很簡單，古人論學，最重切磋；偶有著作，必乞友人審正。漢代講經，是家法師法最嚴格的時代了，但在不同門派之間，有公開的辯論，如白虎觀、石渠閣之論難；有書評的糾彈，如王肅駁鄭玄、鄭玄駁何休。在自己師門內部，也建立了學術的客觀討論制度，如講經時，設一「都講」專司問難，以使聽者能更深入了解書中旨趣，即是一例。

這種論難的精神，直到清朝還非常蓬勃。我讀過王鳴盛的《蛾術編》。這書是王氏卒後，他家人把遺稿託給迮鶴壽整理而成的。迮氏接受喪家委託編書，他的人情壓力還不重嗎？死者是他的前輩大師，他的學術倫理能不顧嗎？然而，迮鶴壽編這部書，不但逐條批駁王鳴盛的觀點，說他哪兒錯了、哪兒漏了、哪兒說得過份了；更指出某些看法古人已經有了，替王鳴盛删去。這樣做，你說王家惱不惱火呢？讀者會不會不以爲然呢？不！他們都認爲這正是愛護前輩的方法。全祖望《鮚埼亭集》卷十七曾提到何焯與方苞不睦，但方苞如果寫了文章，一定去打聽：「何焯看到了嗎？他有什麼批評呢？如果他有批評一定要告訴我，他是能糾正我短處的人哩！」情形也跟迮鶴壽類似。

可見勇於切磋論難、寫作書評，乃是中國的傳統。今人不幸失此傳統，好爲姑息、樂居鄉愿，又逢此商業體制、傳播體系控制日嚴之際，故喪失此精神耳。撰此短文，聊作招魂。

七十八、四、一《民生報》

一些書的故事

(一)學術與實用

據《民生報》十六日報導，實用性書籍已成書市新寵，許多專業書籍的出版社，都逐漸從理論性、學術性路線，走向實用性，諸如食譜、經營企管、心理、語文等，均佔據了書店明顯重要的位置。

這一現象，對於文化發展，並不一定是樂觀的訊息。因爲我們並不是從理論性學術性走向實用性，而根本是實用性的強化與擴張，配合大眾文化追逐感官與流行、排拒思考性的特色，重新包裝上市而已。幾十年來，我們的出版，原本是沒有什麼理論性學術性路線的，即使有，也多半要另外仰賴類似食譜這一些實用書刊來養學術。學術書籍活得雖然卑屈，卻仍有其獨立的地位與價值。現在的趨勢，反而是要學術來包裝實用了。

由肯恩和貝爾撰寫的《未來的三十六年》，曾推測西方社會的工業後期特色之一，是感性的擴大、經驗主義、俗世的現實主義、實用主義、功利主義、享樂主義文化趨於流行。而這種享樂文化、實用文化，也同樣冒襲了人文主義之名。

我們不曉得臺灣是否也正走入西方「感性擴大」的趨勢中，更難言斷以學術包裝實用、以人文主義塗飾實用功利傾向是否合理，但我們願提醒大家一同來關切此一問題。

七十五、十、二十二《民生報》

(二)業餘的消遣

十一月八日《民生報》報導了美國《紐約時報》上，有關美國國防部長溫柏格的太太開出版社的新聞。據云溫柏格夫人並不喜歡華府那種衣香鬢影的社交活動，所以每年回老家幾個月，開出版社，編印兒童故事及教人如何募款的書。溫柏格偶爾也去包書、捆書、賣書，有時也把書送到顧客家去。

我覺得這是一副溫馨有趣的新聞。本期《國文天地》上也同樣報導了現今規模宏大的學生書局創業的類似經驗。十八年前丁文治、劉國瑞等一些新聞界同行朋友，辦了學生書局作爲「業餘的消遣」，也是先從編譯兒童叢書開始，逐步發展成國內主要文史學術出版者。報導中，曾對：「別人業餘去打麻將、上舞廳，丁先生等人則以出版文史書籍爲消遣」，咨嗟稱賞。

事實上，這兩件相互呼應的事例，確實可供我們深思。有錢有閑，而又嗟嘆生活無聊的人太多了；退休之後，喪失人生目標而沮喪煩厭、無所事事的人太多了；疲於酒肉徵逐、社交酬酢而又並不眞喜歡這「酒食地獄」的人，也太多了。這些人，倘若都能有點文教的消遣，不一定要去開出版社，像社區文教服務、建立家庭式圖書室、編寫各類生活應用手册……等，不也都能豐富我們的人生嗎？

七十五、十一、九《民生報》

㈢買書送人

爲倡導讀書風氣，省府決定，今後辦理集團結婚，將以書籍作爲贈送新人的禮品。《聯合報》新聞眉批，對此曾有妙聯一幅贊曰：「五夜論文如吉士，一燈佐讀有佳人」。

我讀此新聞，別有感觸，因爲我卽是昔年參加省府舉辦集團結婚者。固然未曾結婚前，卽曾讀書，不待省府倡導。但彼時似乎省府亦未嘗以勸人讀書爲念，故贈我一機兩箱，以供家庭實用。其中工具箱，鋸子一把，婚後用來造房子，甫用卽告斷裂；螺絲起子一隻，拿來旋螺絲，螺絲不曾旋起，起子倒斷成兩截。醫藥箱，藥物迄今皆已過期，幸未使用，便皆抛棄。縫紉機呢，至今也依然塵封如故。可見名爲實用者，其實未必實用。假若當年省府贈我《皇清經解》一套、《中國文化新論》一部，那情況又不一樣了。我或許可以將它擺在客廳，以使蓬壁生輝；要不便置諸案頭，時時翻檢；再不然，亦將令其傳諸子孫，曰：「此你老爹老母結婚紀念物也」。人生得此，豈不快哉！

我手邊有份舊資料，記載聯合國在一九七三年倡導「國際書籍年」時，美國就訂了一個「人人有書唸」的計畫，除了在國內推行之外，書也是重要外援之一。那一年美國國際開發總署就送出了價値美金七百九十萬元，約二十一萬五千册精裝書和數以百萬計的平裝書，給亞非國家，影響深遠。可見贈書是提倡讀書風氣、刺激書籍市場活絡的好辦法，政府光是宣傳讀書禮券，要大家養成買書送人的風俗，是不夠的。必須如省政府一樣，率先買書送人！

七十五、十一、二十二《民生報》

㈣大家來借書

報載臺北市立圖書館統計今年該館借書狀況，發現北市大龍國小一小朋友，在今年不到一年裏共借去了五百九十八本書，且多屬科學類讀物，已頒獎鼓勵了他。這個消息，頗令人感動。我平日亦嘗以多讀書自負，且職業又是讀書教書，尙不免頹唐玩愒度日，捫心自問，去年一年中，未必就眞讀了五百九十八本書，因此對這位小朋友實在是衷心佩服。

但據我所知，類似他這樣的例子，在我們這個社會裏，殆如鳳毛麟角。我查考了淡江大學去年圖書館出納的情況，發現淡江一共五個圖書館，去年圖書共借出二十七萬零六十一本，以教職員工生人數來估，大約每人是十本左右。其他學校想必也差不多。這是大學，大學是什麼樣的地方？而借書率如此，豈不令人唏噓？

若說我們都是不借書而買書，那麼借書率偏低，倒還情有可原，奈何國民購書率一樣不忍卒睹。我不曉得這個社會到底那裏出了問題，爲什麼人人以不讀書爲樂，以不讀書爲常態？除了應付考試的學生把圖書館霸住之外，大家有上圖書館借書的習慣嗎？現在許多圖書館都採用開架式了，是否我們在逛街、逛百貨公司外，也該想想辦法來培養逛圖書館的習慣呢？

據一九八〇年日本《書齋復活》一書統計，有百分之八十二的人擁有個人專用的書房，其中小則一坪，大的則有二十七坪。目前我們既然還不可能讓百分之八十的人擁有個人專屬書房，那麼，圖書館當然是最好的選擇了！

七十五、十二、四《民生報》

㈤難產的圖書禮券

圖書禮券從民國七十一年發行迄今，社會反應良好，對於這種贈餽也能接受，甚至歡迎了，今年的圖書禮券卻傳出趕印不及、可能春節間無法上市的窘況。

這種尷尬的場面，主要是各相關單位行政無法充分協調的結果。表面上大家眾志僉同，一致努力推動書香社會、提倡讀書風氣；可是從圖書禮券的發行來看，實在問題甚多。據《民生報》報導，業者對發行圖書禮券並無興趣，故每次都要到迫在眉睫時，才由新聞局情商某一出版機構接手。爲什麼民間不願意發行呢？原因很簡單：有資格發行的出版機構不多，而發行禮券的申請手續又極繁瑣；且新聞局並無補助，社會大眾購得禮券之後，持往全省各地使用，發行者亦無利潤可言。遂使發行禮券成爲吃力不討好的純服務性工作，這種事誰願意幹？

事實上，財政局依「商品禮券發售管理辦法」來處理禮券發行問題，就是糊塗。圖書禮券發行後並不一定由本店回收，怎能算進發行者的年度自營售貨總額中？文化用品與純商品又豈能無有所區別？申請發行手續難道不能簡化嗎？各大百貨公司莫不爭相發行禮券，以擴大利潤。獨有出版業者，在這種法令與官僚體制底下奄奄一息，其中緣故，豈不足以令人深思？——畢竟，書香社會的建立，除了教育社會大衆之外，有關法令和行政的配合，更是其中之關鍵。

七十六、一、二十五《民生報》

㈥檢舉壞書

消費者文教基金會公布了一批優良兒童讀物名單，我們爲之鼓掌喝采。

基本上，對這個「消費者」權益維護團體，我個人原本頗有些反感。因爲消費畢竟只是商業體系運作中的現象，無法涵括人文性的文化活動；而做爲一消費者權益團體，該基金會又很少關心文化產品的商業運作狀況。社會上對它揭舉劣質沙拉油衛生紙之類豐功偉蹟，讚不絕口，可是在眞正從事文化建設的人來看，卻不免惋惜其所見者小。現在，它開始把關切面轉移到兒童圖書，似乎代表著它的文化性格逐漸加強了。這對它所能發揮的功能和意義來說，當然是增強了。

此一舉動，對文化消費者當然也會有直接的利益，起碼家長們可以開始脫離包裝、廣告、宣傳及人情的夾殺，選擇優良的讀物以滋養兒女。相信將來消費者文教基金會在這方面擴大出擊時，此類利益也必相對提高。

不過，對於書籍的評估，在甄選推薦好書之外，檢舉壞書可能更爲重要。目前兒童讀物中，多少印刷不精、內容低俗、甚或抄襲稗販的例子？官handled職事者既顢頇不予聞問，自需由消費者文教基金會之類團體，肩負起糾舉敦促之責。甚盼消費者文教基金會能在這方面多有建樹，不要讓人家開玩笑說該會只敢在衛生紙廠商頭上動土，卻不敢捋出版業者之虎鬚哩！

七十六、一、十六《民生報》

觀察《臺灣文學觀察雜誌》

文學，本應觀察社會與人生。現在，臺灣的文學，乃成爲有待觀察之物。所謂有待觀察，是說我們這個社會上，對於文學的價値、文學的命運，似乎都有了懷疑。大家不再視文學爲理所當然的需要，而願審愼地評估、觀察，或者根本就是「觀望」一番。

此一觀望之情，在這個喧囂的時代中，實在不難理解。政治上，亂成了一鍋粥；社會上，瀰漫著暴利浮濫之風。文學不僅在現實世界裏，起不了什麼作用，它能不能生存下去，可能都成了問題。更糟的是，文學在哪裏？大家都在談股票、投資、移民、內閣人事糾紛。街頭巷尾、茶餘飯後、報章雜誌、廣播電視，鋪天蓋地。金錢、暴力、色情、權力，什麼都有，就是沒有人談文學，也看不到文學。文學在哪裏？《中央日報》、《聯合文學》，都招呼作家們去談國是了。文學家忙著觀察國是會議哩，誰有空寫文學作品讓人來觀察？何況，文學作品哪有現在這個局勢精彩？波詭雲譎、變化莫測、驚險刺激，賽過長篇連載，也遠勝每日連續劇。誰還需要看文學？

即使是素來擅於捕風捉影的文學評論家們，似乎也沮喪了。他們覺得文學的活力消失了，文學只是社會的舊愛而非新歡，文學評論家遠不如政論家受到社會注目。所以他們認爲「新詩死了」「沒有什麼好作品看了」「『嚴肅文學』已經沒有生存空間了」……。

這些說法，自然不是空穴來風。但是，我偶爾想起了去年出版的《一九八七年中國小說》，在黃子平序文中談到的情況。那時，大陸民主運動浪潮正在形成，整個社會充滿了浮躁、焦慮、急切、期待政治社會轉型的情緒，文學界與知識界都無心於文學。偶然談起那幾年的文學表現，大家都說：「沒有好文學，也沒有好的評論」。怎樣才算好評論，很難說。但有沒有好文學，卻不難檢證，至少黃子平和李陀的這本選集，就可以顯示那兩年的成績並不太差。

假如說事實上文學仍然發展蓬勃，而作者、評論者及讀者卻都覺得沒啥看頭，那麼，問題出在哪兒？

海峽兩岸的情況差不多，問題之一，是心理上的。處在觀望中的觀察者，實在很難仔細觀察目前的文學實況。例如大家都說商業資本社會消費文化逐漸膨脹，所以速食文學、輕薄短小文學大盛，長篇已無生存空間；大家都說詩已死了，旣是票房毒藥，也與讀者脫節了。可是，根據《臺灣文學觀察雜誌》季刊所載李瑞騰〈八〇年代臺灣文學——以文學出版爲中心〉的觀察，卻不是這樣的。他以詳實的統計，說明了在八〇年代，長篇作品仍然極多，而且整體文學出版狀況並未衰竭。另外，依現存十四種以上的現代詩刊來看，似乎也不能說現代詩卽將或已壽終正寢。

造成這些錯覺的原因，一是新而熱鬧的事務增加了，轉移了大家的注意力；觀察文學現象時，大家不會像從前那樣仔細。而文學偏又比從前更難觀察：報紙增張、報社擴張到二〇二家，文學在整個資訊量中的比重自然降低甚多，不但使人感到文學已經逐漸消失，更讓人不易找到文學。誰能曉得這個月在報章雜誌都有些什麼文學作品？一般讀者當然不會太關心這個問題，就是評論者也不是每個人都有暇有力做此工夫。大家都只能就手邊偶然看見的一些現象發言，以管窺天，焉能不荒腔走板？

需知：人對歷史往往記憶模糊，對現況若又如此無知，「臺灣文學」便會成爲一個虛構的符號，可以抹上各種意識型態的色彩，塞入各種政治行動的陣營。

這是平實觀察臺灣文學之歷史與現況的必要，也是《臺灣文學觀察雜誌》季刊出版之功能與價值所在。

希望這是重新觀察臺灣文學的開端。讓我們爲它祈禱吧！

七十九、八《幼獅文藝》七十二卷二期

成人的歷史童話故事書之外

商戰謀略之書，近年頗為風行。風氣之起，大約有幾個原因：

一是日本商社企業，針對其幹部設計了許多經營教育的課程，強調領導者之企業經營管理理念對一個企業體的重要性。這些理念，不只是一套技術而已，更需要提昇到一種人生觀、倫理精神的層面，否則不能構成意識型態，統合企業體內部，建立「企業精神」。為達到這種目的，一條路是奉企業主為精神導師，學習其理念、奉行其智慧。一時之間，諸企業紛紛出版其老闆的語錄，標榜其奮鬪歷程，大搞個人崇拜，教員工效忠輸誠。另一條路，則是去古書中找智慧。沒讀過幾天書的老闆，因緣時會，窮兒暴富，要證明他確是天縱英才，最好的辦法便是說他的行為符合古聖賢之道。他的經營管理理念，可以因有了聖賢理念的滋潤，而顯得更為堂皇、更為鞏固。

同時，一個大企業體，內部也有複雜的權力結構關係。大老闆的成功，既得靠對外拓展業務之縱橫捭闔，也是由內部權力爭奪中血戰而來。最後，才能建立一個屬於他的「王國」。這個邏輯關係，使得升斗小民及小職員工於讚嘆企羨之餘，不能不與古代帝王之權謀運用產生高度聯想。「帝王學」遂大爲風行了。

日本企業雜誌 *President* 附設之經營教育中心。開設的「從中國古典學習現代帝王學」課程，頗能說明此中奧妙。中國幾千年權力鬥爭的帝王政治，把國家整得一蹶不振；現代雄心勃勃的企業人，卻想從這其中吸吮權力的滋味、學習統御的「經驗」與「智慧」哩！

因此，把《孫子兵法》、《貞觀政要》等書解讀爲商戰統御之術。表面上看，是古典與現代結合、是古典在現代的意義與功能、是普及先賢智慧。其實含有高度危險性在。社會上愛好這類書、喜歡談帝王學，只是人對權力之渴慕、對金錢之貪婪的一種曲折表現而已。臺灣許多模仿日本式的經營企管教育，更顯示出其強烈非人性化的反智精神。進一步強化了資本主義社會價值錯倒的一面，把有錢的人等同於有智慧的人，而所謂有智慧的人又是指能運用權謀「統御」他人的人。

這種發展，我以爲是扭曲了所謂兵學與戰略學術的精神。只落入一種法家術勢運用的層面。其實兵學韜略，固以其實用性做爲學說是否合理的試金石，其本身卻非實用性知識，乃是一套哲學、人生觀。戰略的設計，涉及人對世界的看法、對人性的掌握。這種掌握，不是流俗「掌握人性的弱點」之謂，而是從戰爭關係來看人性、歷史與世界。其理論意義與孟子論性善、耶穌論原罪、達爾文講物競天擇、克魯泡特金論互助、馬克斯言階級鬬爭，具有同一深度，乃是對人與歷史之獨特解釋。否則，若光是賣弄口舌、耍點手腕，蘇秦還須要「頭懸樑、錐刺股」，下帷苦讀嗎？

何況，大眾通俗企管書籍，通常只以一些神話式的浪漫英雄成功故事，告訴讀者「路是無限的寬廣」「反敗爲勝」，把成功的神話簡化爲個人經營管理術以及權謀之運用。完全無視於社會整體結構與歷史演變狀況。所以越看這類書，人就越不了解社會，越對世界無知。這些書所經常採取的「歷史論述風格」（卽引證歷史故事，教訓、格言，譯寫改編古書）等等，其實就是它脫離現實與歷史的表徵。其性質，一如歷史童話故事。商戰小說，這種新與的文類，也應在這個意義底下，視爲新的歷史演義。這種新型態的成人歷史童話書，怎麼可能讓人了解什麼叫歷史、什麼叫世界？

在這一些趨勢中出現的《新戰國策》，卻幾乎可算是異數。這套書，宣稱係「解讀今古政經舞臺權謀的類書，彙總各行各業實戰點子的智庫」，月出一冊，既屬書籍，又是月刊。其宗旨當然不折不扣是大眾通俗企管權謀速食。但是這套書不是昧於歷史與社會的點金魔術宣傳單，也不渲染個人英雄崇拜，而是致力於它所謂「新思維」的提倡。強調觀察世界、分析事相的方法。

這個路向是可取的，其分析也往往有新奇獨到之處，對所謂「歷代帝王將相權力經營學」的討論，也能注意到人與歷史的關聯，以歷史爲主軸，觀察「歷史是人性的綜合學」。這些都是它值得期待的地方。希望這個路向，能被注意，略微扭轉已誤入歧途的韜略學。

七十九、八《新戰國策》第七期序

太平洋時代來臨了？

以《大趨勢》一書聞名國內的奈思比特（Naisbitt），最近又發表了《二〇〇〇年大趨勢》。國內立刻傳譯，在高階層政經界，影響不小。

奈思比特的書，向來文筆動人，善能提示啟發，讀來饒富興味，在未來學中獨樹一幟，與托佛勒一樣，廣受歡迎。在這本書裏，他繼續提出「社會主義變質」「亞太地區興起」「全球經濟民營化」「世紀末宗教狂熱」等大趨勢，供我們思考。

蘇聯與東歐之變革，似乎顯示了社會主義業已變質；伊拉克及巴勒斯坦解放組織的一些動作，似乎也說明了伊斯蘭教宗教熱仍方興未艾。同理，亞洲地區經濟及國民教育的發展，可能也預示了亞太地區將繼歐洲美洲地區成爲世界之重心，太平洋時代即將來臨。

這當然是個好訊息，所以近來我們頗有些學術會議及座談會以此爲題，討論我們應如何迎接太平洋時代。

但這美麗的預言只能聽聽而已，不能當眞，更莫以爲太平洋時代來臨對我們眞會有什麼好處。

原因在於奈思比特的論據及方法上有問題。他說太平洋邊緣興起之四大徵象是：一、經濟之發展；二、文化之進步；三、東亞繼日本之後崛起成爲主宰力量；四、環太平洋各地注重教育。這幾點均有待商榷。先講第三點。在亞太地區，日本、中國大陸、東亞四小龍，事實上是一矛盾錯綜、彼此競爭的狀況，相對於歐洲單一市場，這個地區更不可能成爲政治及經濟上的一個整體單位。何況還有菲律賓、印尼等太平洋印度洋國家不同的政經文化利益衝突摻雜其中？所以太平洋地區諸弱國不斷進步發展的結果，可能不是形成環太平洋經濟文化共同體，而是加速了此一地區內部的衝突與社會文化問題。

其次奈思比特以「這地區人民使用的語言超過一千種，宗教和文化傳統也是全世界最多樣」來證明世界文化的重心已轉移到亞洲，也毫無道理。語言與文化不同，對一個地區的整體發展是不利的，東南亞之排華以及語言政策上的糾紛，很難令我們相信這便是文化重心已移至亞洲的徵兆。

再說教育，他舉南韓爲例，云南韓青年受高等教育之比例已超過英國。但他爲啥不舉大陸爲例呢？大陸的教育總支出在全世界排名一四九名，爲倒數第二位，僅高於西亞的葉門，說「教育是亞太地區的競爭優勢」，實在有點滑稽。

要之，奈思比特對於亞洲的事物，實在是太隔閡了，他選擇的資料項也很片面，解釋更成問題。例如他說：重要的收藏家和藝術家走訪日本，就如前幾輩人到巴黎和羅馬朝聖一樣。現在全世界藝術品銷售有百分之三十買主是日本人。但日本商人擺闊買藝術品，與蔡家兄弟開「寒舍」、「國泰美術館」一樣，基本上是附庸風雅兼投資做生意，能以此印證亞洲已成爲世界藝壇新盟主了嗎？且現在藝術家及商販到日本，其意義與前幾世紀藝人乃至當代藝術學習者赴巴黎羅馬，亦全然不同。在當代藝術世界裏，美國法國仍扮演著創造性的角色，亞洲只是消費者。朝聖的人，不會到亞洲的歐洲藝術品拍賣場中去朝聖，乃是顯而易見的事實。昧於這個事實，其分析當然只好視爲齊東野人之語了。

大凡聽到美麗動人的預言時，我們均應仔細想想。因爲世界與未來總以災難和痛苦爲多，幸福向來是不易降臨的。

七十九、九、十二《新生報》

性別與氣質

人類學家瑪格麗特・米德曾經調查過三個部落，一是阿拉佩什山地居民，二是吃人肉的蒙都哥莫人，三是只有在舉行儀式時才獵人頭的昌布里人。她主要是想了解這三個原始部落中兩性之角色與氣質等問題。

她的研究，十分驚人。因爲她發現，阿拉佩什人，不論男女，都表現出像我們自己這樣社會中的女性氣質：敏感、拘束、性要求不主動、注意別人的需要、柔順等等。蒙都哥莫人則完全相反，他們族裏無論男人女人，都無情、好鬪、性慾強、隨便、粗魯、缺乏「屬於女性」的溫婉與慈愛。第三個昌布里族又不一樣，他們族裏的女人，像我們社會中的男人；他們的男子，倒像我們社會中上的女人，責任少、重感情。

怎麼會這樣呢？米德，這位人類學家解釋說：兩性是有與生俱來的生理差異，但兩性的生理稟賦並不能決定他們的性格與氣質。這三個部落就足以證明，兩性之不同性格與氣質，是受社會文化條件及傳統所制約、所塑造的。不同的社會，塑造了不同的兩性角色關係，所以也教育了每一個幼童如何發展其性格。有的社會，如蒙都哥莫人，他們的文化只創造了單一的人類類型，而未依性別之不同，做不同的規範，所以他們的男人與女人都是一個樣。昌布里人對兩性角色已有意識，但其規定與我們不同，因此其男人便只好賣弄風情了。

這個講法，在女權運動中極受歡迎。因爲它告訴了我們：女人不是天生就柔弱如小鳥依人的，其所以成天做出小鳥依人狀，乃社會文化之壓制與形塑使然。

然乎？否乎？米德的研究，在學界爭議極大。兩性生理稟賦之不同，能不能完全忽略，乃一大問題。生理條件之不同，必然造成心理狀態以及人我對應關係的不同，其社會責任也不可能一樣。不要說人，即自然動物界，也表現了這種性別氣質差異。無論其兩性氣質之表現如何，米德純從「兩性社會化人格之制約」來談問題，想論證兩性的氣質差異與性別無關，在方法論上是不能成立的，其論述也是不周延的。

許多人懷疑她所使用的模式以及她的調查。但不必如此懷疑。因爲從方法說，米德便應再追問：若兩性氣質的確係因社會化人格之制約，則此一社會文化如何形成。我們不能採取一種社會文化決定論，卻不解釋此社會文化爲何是如此。換言之，事實上是男人女人創建了塑造了社會文化，而非社會文化創造了形塑了男人女人。

當然，米德的講法，除了女權運動者之外，一般人都不太相信的最直接理由，是每個撫育過兒女的人都有的經驗：大多數男孩從小就皮，有攻擊性、不聽話。家庭中的「社會文化」雖努力形塑之，要他像妹妹一樣乖巧聽話，亦不可得。

人類學家要了解人類，有時是不必遠渡重洋、深入蠻荒的，只要仔細再看看我們周遭的人類就行啦！

七十九、八、十二《中華日報》

美的聯想

語言似同，實則有別：和尚的話、男人與女人的話。至於下層賤者的話，總嫌其絮聒而多餘。

這是清少納言《枕草子》裏的話。這部日本文學名著，正是典型的女人、高貴階層、充滿愛與慾的話。

日本文學中，《枕草子》和《源氏物語》兩大瑰寶，都是女性所作，作者又都在宮中任事。整個作品所呈現的那種女性感受力、女性品味、女性事物，以及混雜著一點高雅華麗之質地而又並不清貧絕俗的趣味，必然深深影響著日本的國民性。也成爲日本文學和藝術品最容易辨識的標幟。

在《枕草子》中，我們隨時會與作者一同處在審視世界的位置上，懷著一種看畫般的心情，對周遭人情事物，進行審美的判斷。例如一開頭，它就說：「春，曙爲最」「夏則夜」

「秋則黃昏」「冬則晨朝」，接著就是對江湖河海、山市嶺原，人時地物一一品頭論足。

她的審美判斷，有時是無理可說的，如「貓以上半身全黑，其餘皆白者爲佳」「令人興奮愉悅者，莫如飼養小麻雀」之類，皆可歸於希臘諺語：「說到趣味，無可爭辯」之列。像花，她喜歡紅梅、櫻花、紫桐花，這些都不奇怪，但她形容梨花爲無甚魅力之女子，便不知何故。

然於此卽可見作者之品味。例如她看檳榔毛牛車，要其緩緩行進爲佳，跑得快了便覺得不美。篷車則相反，該趕快走。好讓人家猜測車中主人是誰，這一點懸疑，她便覺得很有意思。我們看書的人，看她有如此心思，也覺頗有趣味。有時遇到她的評議，也能有所會心，如她說「眾所周知的老好人，以及輕佻的女子」，都是教人瞧不起之事。說有急事時，忽然來訪，偏偏又饒舌長談不易驅送之客，令人憎惡。說收到遠方情人來函，要揭開那用飯糊封緊的信封，乃最令人焦慮之事……等等，皆能令人首肯。

總之，依這種審美的態度過活，無處不能品嚐到美感與驚喜。她對任何事物的判斷，也總以美不美爲依歸。如他說講經的和尚應生得好看，「聽面貌醜陋者講經，不啻受罪負刑」。這當然不錯。但聽講經非看選美，目的在得經意，不在娛耳目。可見審美判斷僅能爲一感性判斷、僅能爲一直覺判斷，卻未深入思索其義理是否恰當。

這就像她說：「官位，可眞是了不起的東西」。因爲同樣一個人，若做了大官，「就會叫人莫名奇妙的感覺尊貴」。此一感覺，使她鄙夷下層賤民。此感覺爲何如此，她不願追問；此感覺是否爲理之所當，她也從未想過。她只是如她書中最後一則所說：「我只想將自己心中所感動之事，對人談說」。

我們聽到她的談話了。這得感謝林文月先生的翻譯。譯筆清鑠，考證精詳，令人彷彿如與此一日本平安朝宮中女官對晤。但《枕草子》的人生態度，是可欣賞而不可信賴的。由《枕草子》看日本，代表性或許可以存疑，可是起碼日本文化中有此一大泉源，卽是：如此鶩求聲華，訴諸細膩品嚐之審美趣味，而不合乎義理之所歸的。它對繁華高貴者的贊嘆，蓋以不理會或鄙夷窮苦者爲代價。此或爲文學審美之所需，然此在文學藝術審美世界之所需者，轉換到現實人生來，卻往往會帶出許多問題。近代日本之欺善怕惡，政治外交上之甚多陋行，其與此有關耶？

七十九、七、二十九《中華日報》

草木風華

在《大滴定》的中譯本序中，李約瑟曾寫道：「當歐洲人只能對極少數的植物命名和記述時，中國卻出現了一犬堆專門性論文，以探討特殊的科、類、種與變種。公元四六〇年戴凱之的《竹譜》已在對許多種竹類加以描述，而韓彥直於一一七八年寫成的《橘錄》可能是這一方面著作之典型。在中國，研究植物學的意識不需要別人來喚醒，因此我們不難發現：一〇八三年唐愼微所寫的《類證本草》與一四〇六年朱橚寫的《救荒本草》，其木刻圖皆長久領先十六世紀時德國的植物學諸父在植物圖解方面的成就」。

但這樣的成就，在周作人看來，適爲「自然科學在中國的不發達，恐怕在『廣學會』來開始工作以前中國就不曾有過獨立的植物或動物學」之證。他在〈風雨談・螟蛉與螢火〉一文中斷言中國人拙於觀察自然，因爲往往將它和人事連接在一起；並舉古人聞見未精、察考失眞者以資譏彈。此非知堂老人獨有偏見，凡熟悉五四以來思想發展者都曉得，這正是現代中國面臨西潮沖擊時普遍的態度：對中國傳統（或專指科學傳統）的陌生與鄙夷。

其實，如周作人這樣的學者，只要深入想想，就該知道中國之所以能在動植物學上領先歐洲甚久，正是因爲我們將它與人事連接在一起。《論語・陽貨》孔子論讀詩之效，嘗云：「詩可以興、可以觀、可以羣、可以怨，邇之事父、遠之事君，多識於鳥獸草木之名」，文學、人事與自然，在此交揉爲一。草木鳥獸，即在微言與感之中，而抒情嘆唱，亦不脫草木鳥獸。故美人香草，婉轉託諷，構成了我國文學一大特色。《文心雕龍》論文，特標〈物色〉，陸機〈文賦〉也說：「賦，體物而瀏亮」。詩人窺情於風景之上，鑽貌於草木之中，對於自然的觀察與理解，正如《文心》所說，是：「灼灼狀桃花之鮮，依依盡楊柳之貌，杲杲爲日出之容，瀌瀌擬雨雪之狀，喈喈逐黃鳥之聲，喓喓學草蟲之韻，皎日嘒星，一言窮理；參差沃若，兩字連形，並以少總多，情貌無遺矣」。不必另外等再有一批植物動物學家出來，才能展開動植物學的探討，詩人本身就多識草木鳥獸。草木鳥獸之學，亦起於對詩的研究，如陸機《毛詩草木鳥獸蟲魚疏》、蔡卞《毛詩名物解》、馮應京《六家詩名物疏》、陳大章《詩傳名物集覽》、徐士俊《三百篇鳥獸草木記》、毛奇齡《續詩傳鳥名》……之類，都是治《詩經》和動植物學的人所共同必讀的典籍。

換言之，在中國，科學本來就不是獨立的，也不該是獨立的。身處「解除世界魔咒」理性化思潮中的知識分子，誤以科學和人文傳統的整合關係爲理性化不足的徵象，而急迫地想要除魅。但這種態度，顯然是無法深入到科學的思想層面的，對科學之所以產生的意義及原因，當然也無從理解。

事實上，人對於外在世界的覺察、對於自然的感知，既形成了他的科學，也同時開啟了他的人文。當中國人對時間的周期與循環特感興味時，我們不但有了老子「反者道之動」的哲學，也同時有氣象水文循環和人體內血氣循環的觀念。唯有眞正深入地透過對這種時間觀念的掌握，我們才能理解相關的科學與技術；而且，也唯有藉著觀念的對比，中西方科技發展的性質與導向，才能明晰地勾勒其異同。如文藝復興時代，周期與循環的哲思，也曾影響到血液循環說，這是否意味直線型觀念的某些局限？同理，因中國人的時間觀念不同於希臘，所以不太可能像伽利略那樣，將時間當成可以用數學來處理的幾何量。這一切，正如劉君燦先生在這本書裏所指出的：局限於有限時空的歐氏幾何、無限延伸但機械式時空獨立的座標幾何，皆非中國所擅長；而所以如此，則爲中西方對於自然的覺知與處理方式不同所致。

這種「取象」的差異，構成了不同的科技與文化，劉先生浸淫中國科學思想史之研究甚久，對此亦特有會心。我讀他歷年討論中國科學思想及文化的文章，幾乎都是環繞在這個地方中論譬說；尤其是有關感應思想與科學發展的關係，闡發最爲深入。不僅由天人感應、物我交感，連貫地談中國天文星宿、指南針、潮汐認知、共鳴利用、候風地動儀等科技問題，自成體系；而且彷彿他還希望從光聲影響，來通觀整個科學的發展歷程，「感而遂通天下之故」。這是一偉大的工程，而其本身也即具有科學與人文濡融通會的性質，無怪乎他要一再強調自然教育與人文教育的溝通了。

我對科學，尤其是中國科學，也跟當代知識分子一樣，是無知的。但我通過人文典籍的涵咀、詩文藝術的品味，乃至中國古代文化情境的理解，對於中國人觀物取象的方式、對自然的觀察與感情，也還略能揣摩一二，對於科學與科學思想的幽微深邃，亦輒心存嚮往。偶向君燦兄請益，或讀他的文章，更是對中國科技充滿了溫情和敬意。他譯過愛因斯坦的《人類存在的目的》，我想，在人類存在的目的和意義之下，自然與人文永遠是交光互攝的。他的芬芳悱惻之情與文字之美，在他自述如何譯介愛因斯坦文集時，已顯露無遺。將來本此精神、循此路向，續有闡發，則牖啟來學，影響又不僅止我一人而已了。

七十五年九月中秋・劉君燦《不以規矩不能成方圓》序

所羅門王的指環

去年春末，我常來往於桃園的鄉間。在月色中穿過沉沉花草香氣，走過水波漾動的池塘，聽幾聲鳥鳴鷄叫，偶爾還會被竹叢裏竄出的小狗所驚嚇。有時，曠野蒼涼的夕陽底下，也有一羣羣不知名的燕雀、一兩頭不知去處的牛羊，在空際盤旋、在林木間遊蕩。

這時候，我才又重拾遺忘已久的記憶，鼓舞枯澀已久的熱情，對山、對水，凝眸竚盼了起來。也就在這個時候，我讀到了康樂・勞倫茲的《所羅門王的指環》。

睽違動物世界，不再閱讀有關動物之寓言、故事、理論、敍述，大約二十年了。但是翻讀這册袖珍本動物行爲學論著時，我竟完全沉浸在這一頁頁有趣的傳奇裏，歡喜贊嘆。

這是非常奇特的閱讀經驗。因爲世上的書甚多，好書而爲我所嗟賞喜愛者，亦復不少，卻很難有類似這樣的愉悅感發之情。對於山川草木鳥獸蟲魚，我自不免有情。但是基本上我的性格傾向較爲偏激乖戾，觀物時輒欲直探宇宙蒼茫孤寂、幽涼淒闇的一面，而缺乏溫馨的關愛與眞正同情的理解。勞倫茲的書，恰好彌補了我這個缺點。

勞倫茲是奧地利著名的行爲學家，慕尼黑大學教授，專力研究觀察動物行爲模式及本能。他在奧地利南部一處多瑙河小島上與大雁、蒼鷺、金鮭、貓魚、麝香鼠、水老鴨廝混時，忽然想寫這麼一本根據科學事實的動物私生活報導，讓「好心的讀者」體會到其他生物的眞象，認識牠們美麗的生活，讓我們能跟動物交談。

這便是書名《所羅門王的指環》的由來。相傳所羅門王有一隻魔術指環，所以他能和蝴蝶等禽獸說話。勞倫茲也能，但是他沒有魔術指環，他有的只是耐心、愛心和長期的觀察研究。而他的觀察，並不是把動物關在籠子裏或放到實驗室。他觀察心理健康、毫無羈絆的動物，跟他們建立起眞正的友誼，並藉著他們，領悟到人類的生命。

打序言開始，本書便逸趣橫生。藍色多瑙河叢林沼澤畔，一隻紅狗，兩個穿游泳褲的博士，二十幾隻小雁、野鴨子，揭開了序幕。然後是咬破床單做窩的老鼠、啄掉衣服扣子的鸚鵡、到書房拉屎的雁、把檯燈丟到魚缸裏的狐猿、撕掉書籍的烏鴉……。每一頁都是奇異而有趣的經驗，每一段都令人悠然駐想，彷彿自然的秩序逐步揭曉，動物的生活、性情、慾望遂漸漸爲我們所熟悉，所關切。

因此，這不是一冊介紹動物學知識的書（雖然其中充滿了詳實生動的這類知識），而是一本建立人與動物關係的書。所有的動物都是人類大自然的伴侶，認識動物也就像認識了朋友一樣，使我們能更了解自己。正如作者勞倫茲所說：「我很少笑話動物，有時候笑過，後來總是發現笑的是自己，或者也是因爲動物的某一種滑稽相很像人才笑的。我們總是站在關猴子的籠子前面笑，但當我們看見一隻毛蟲或蝸牛時，就不覺得那麼可笑了。如果我們覺得雄雁追求雌雁的舉動滑稽得不得了，那是因爲我們自己在戀愛的時候也同樣做過許多荒唐事啊！」唯有以溫情和「驚奇的敬意」去看待我們的老朋友，我們才能獲知生命本身的秘密。

我也喜歡書裏的插圖，尤其是一張支頤兀坐在魚缸前啣著煙斗噴出一個小問號的那張圖。讓我抄一段圖解文字吧：

> 一個人可在魚缸前坐著看好半天，就像看熊熊的火舌和奔騰的流水般，好像連思想、意識都在這種悠然神往的境界裏遺失了。其實就是在這種怡然自得的時候，最能學到有關衆生羣相的眞理，如果我把這些年來從書本學到的知識，與從大自然的活書裏「看」來的學問一起放在天平上稱一稱的話，前者實在太微不足道了。

這個結論，我是深有同感的。

收入國語日報社編《好書大家讀》

愛情實驗

對人生，我有點悲哀；對愛情，我有些絕望。不是因爲缺乏愛，而是由於它的迷離，往往令我困惑難安。

每個人都有愛的激情、愛的故事。用淚水與歡欣，做荒唐與無知的幻夢；以青春和理想，投資成一則則零亂的回憶。每一次都是冒險，每一則故事也都只是實驗。沒有規則，似乎也很難說它有什麼意義，而人生，就這樣實驗掉了。

有些人以多情自喜，有些人酷好孤獨，有些人則表示無所謂，對於愛情已能淡然處之。但每次愛的論辯，總會引來心有戚戚者的悄然長嘆。我們對人世原有一些理想，可是卻只能在荒寒的旅途中，燃起一簇火苗，彼此相擁，敍說心裏的淒涼。這些論談，怎能撫慰愛的創傷、激揚人的美感？只不過表示人世有愛、長夜多哀，聊存歌哭，以相應和，顯現一點點人間的溫馨罷了。

我的論調，或許過於灰澀；愛情的面貌，當然也會有美麗豐富的地方。但我並不爭辯什麼、證明什麼。愛情不會有答案，實驗好像也仍將繼續。我喜歡傾聽各種嘗試解答的方式，猶如我常樂於看見別人摔跤的姿態。

因此，我慫恿楊樹清創造《愛情實驗》這本小書，以他對愛情的刻畫，去尋找十五個互相應和的聲音；用這些例證，來窺測愛情神秘的姿容。此愉彼泣，歌呼相聞，老中青三代作家，共同爲愛情唱出他們的詠讚與嘆息。

這當然是個不錯的企畫構想，因爲點子是我出的。但我殊無歡愉之意。愛情實驗，我有點兒害怕；對於這裏列舉的故事，我也有不少感慨。不過人間如果有愛，畢竟仍得自己去實驗，這一點，我倒是可以確定的，聊以此爲序。

楊樹清編《愛情實驗》序

在生命的風景線上

第一次碰到黃秋芳，我就曉得我一向的信念沒有錯：女人果然是複雜而難以理解的。

她瘦小，但很機伶；容止稚澀，卻時有壯舉；心思纖細，而往往辦事糊塗；感覺和感情雖極豐富敏銳，可又常一個人怔忡發呆。我有時看她在牆上畫雲，有時又會碰見她挾著皮包惶然奔跑。她喜歡跟我談些大道理，剖析事相、臧否人物，我支頤以聽，竟偶爾也誤以爲她適合去讀哲學。她自己說她只喜歡喜歡，不愛分析和質疑，我看也是如此。只是她常在該喜歡時去分析，該分析時又滿是感覺罷了。有些人以爲她是小心眼，恐怕不確；有人稱讚她是才女，我想亦未必。她誠然有點才華，倒還不太懂得用來粧扮自己，總是一派鄉下大姑娘進城的模樣，事事新鮮，處處驚喜。雖然也不免有碰壁沮喪的時候。有時我去找她，她囚首垢面，只會掛著一襲袍子，茫然無助地發楞。有時跟她談事情，她又會忽然燦爛起來，岔開去談某次「艷遇」，或說著說著，從口袋裏掏出一管唇膏……。

她第一次寫信來告訴我關於她旅行寫作的情況，就令我大吃一驚。我從來不曉得文章是可以這樣寫、文字是可以這樣去感覺、而生命是可以這樣去經營、去恣意遊賞的。古有一女子歸寧，其夫告曰：「陌上花開，可緩緩歸矣！」她彷彿就是這個女子，在生命的風景線上，細細撿拾一路的繁花綠草，鑲進自己的文章裏。文章對她來說，很重要，她的情懷、愛與怨，都凝定成那一個個字。但也不太重要，生命的紀錄，會比生活本身更值得珍惜嗎？她寫作，大概也是經意而又不經意的。

這本人物素描，也是經意與不經意之間的產物。所謂不經意，是說在傳播的媒體操作下，她會接到指派的名單，命題作文，身不由己。所謂經意，是她對這些從遊已久或素未謀面的公眾人物，總是全力以赴，曲曲叩探每一扇心扉。當然，超迹適會、莫逆於心的境界，她還差得很遠。但勾勒眉目，指點風采，卻也韻致獨具。名爲《速寫簿》，倒也名實相符。

我讀此書，別有感會：探討人物，我已久矣不彈此調；旅泊寫作，也只能嚮往而已。秋芳每次來電話，我總要先問：「妳在哪裏？」她像鳥，棲止無定，但生命中沒有飄泊的哀傷，只有隨分的驚喜。我知道她每到一站，就會很快離去，到另一站去品嘗新的喜悅。所以也不敢說她的採訪工作還會持續多久，還能不能有所期待，自然更不能預測她未來在「文壇」的地位與發展如何。今且憐取眼前，權由她領路，去拜訪拜訪這書裏幾十位特殊的心靈罷！

黃秋芳《速寫簿》序

相期於寥天濶地

我是個愚鈍但懂得學習的人。初入大學時，主要興趣集中在羣經諸子，讀章太炎劉師培書，考證商周秦漢逸史，古貌古心；偶爾結習難忘，發爲文詠，則爲六朝駢儷、古近體詩。對於文學理論與批評，根本毫無接觸；對現代思潮與西洋文化，亦等於文盲。直到大二參加大專青年詩人聯吟，在會中發表了一篇演說，談黃鶴樓詩，結識了李正治等友人，命運才開始有了轉機。

正治肝膽照人，常來淡水山中與我清談。他性靈洵美、哲思深刻，論文談藝，不僅娓娓可聽，而且意境層次之高，罕見其匹。當時他所寫的論李白釣鼇意識、下江陵等文，至今仍爲名作。我是從他那兒，才了解到有關文學理論之範疇、功能和研究進路的；重要的文學批評典籍，如柯林烏德《藝術哲學大綱》等，大概也是他借我或介紹我看的。還記得有一次他寄錢氏《談藝錄》來，翻開內頁，看見他作劄記的紙片，印著「沙城李少白」等字樣，當時心中眞有種無言的悸動。——一個人只有兩隻眼睛，但他若有了朋友，卻有可能成爲千手千眼的菩薩。我對我的朋友們，常懷有這樣的感激，正治只不過是個最典型的代表罷了。

然而，在朋友中，正治畢竟是個特異的生命。他有風骨、有道德，存在的感受又深刻而敏銳，遨遊於文學與思想的世界，時有廣大悲情。每與讌談，都使人有塵鄙盡消之感。發爲文章，則超悟深沉，兼而有之。那不是一般所謂的才華，也很難用普通的學術規格來衡量，而是性情之美與他生命特殊情調的湧現。

這樣的生命，落入人世機栝時，當然就不免要遭到摧折。江湖多故，風霜可畏。正治對此，雖仍默默讀他的書、寫他的稿，但實亦不免於憤激，也不免於狷退。這在我看，是很可惜的事。但生命本身若眞已無憾，則在這昏昏昧昧的環境中，像他這種人物，當然就代表了一種典型，可以讓人聞風興起。

這本集子，收輯了他一部分屬於少年時期的作品。前五篇是文學理論，六七篇是中國文學綜述，第八篇以後，則是從《詩經》、《楚辭》到現代詩的詮析以及思想史的探索。這不只代表他在民國六四年左右對文學與思想世界的追尋，也顯示了我們那個時期大學青年的思索路向和成績。當年在校園間，這些文章所激起的討論和影響，至今猶存；而整個學術界對中國文學與思想的研究，十多年來卻無甚進步。因此，重看這批文稿、心中混雜的，不曉得究竟是對正治才學的讚嘆、是對年光飄逝的惆悵、是重溫少年道義交遊的豪情、還是咨嗟文學與思想世界的恍惝難尋。

或許，文學與思想世界的追尋，是永不憩止的堅持；而存在的實踐，則須步步展開。遙看少日穩健的步伐，正是他年奮力衝刺的憑證。但願彼此守道勿失，相期於寥天闊地之間，再以嘹亮清越的呼喊，去謳頌文學與思想的靈魂！

李著《至情只可酬知己》序

淒涼的飄泊之美

楊樹清，號稱大俠。但他既無佩刀，又無讎可報；落拓江湖，常是衣上征塵雜酒痕，遠遊無處不銷魂而已。

這種生命，恐怕只有一種淒涼的飄泊之美。縱然表面上與世相親，倜儻狂歡，任何人都能與之把臂傾談；但心底卻隨時會湧生一種不安、顛盪的感覺，隨時會有些莫名的寂寞與哀傷。而且，處處無家處處家久了，人也就變得是處處有情又總無情。飄泊之感，使他永遠覺得他在趕路，不能久駐、不能凝眸。因爲他的眼睛正在搜尋故鄉，正在搖擺中尋找方向。由現實到理想、由這裏到那裏，由故鄉到他鄉、再由他鄉到故鄉，桃花過渡，飄飄盪盪。

這種性格，或許如他自己說，是命定的驛馬情；可也未嘗不是來自成長的特殊經驗。從金門這個特殊的花崗島嶼，渡海來到臺灣，他的感受和文字，都讓我們想到許多問題。鄉愁的重量，似乎把他壓垮了。使得他幾乎不曾在文字中展現他對世界的理解與意見、表達他對社會與生命的深刻思省，他只能匍匐於鄉土，熱烈擁抱親吻每一個故鄉的夢和屬於夢中的女子。但是，這不純是個人無意義的夢。在當代文學裏，它顯然不同於五〇年代懷想大陸家園的作品、不同於六〇年代留學生文學，跟七〇年代鄉土文學興起後，大量描述鄉土情懷的作品也不太一樣。

鄉土文學興起後的懷鄉散文，基本上常是對都市生活厭煩後的逃避和悔懺。描述那原本歆羨都市，北上求發展的嘉南高屏地區的青年，追戀故鄉之純樸與貧困，又不能且不願眞正歸去。這些散文裏，往往會交揉著一些社會寫實的精神和浪漫的農村緬懷，人物與語彙亦大體自成一類型。相較之下，臺東花蓮的青年作家、金馬澎湖的作者們，便還沒有發展出一個「類」。在這幾十年的大變動中，在這與臺灣本島，特別是西部北區都會生活的接觸中，我們感覺金馬澎湖的聲音太微弱了。雖然它們在歷史和現實上都那麼重要。

楊樹清爲三湘子弟，卻生長在金門，也曾戍守過澎湖，現在又風濤渡海，謀食於臺北的紅塵煙囂之間。他的情懷、他的夢，也許能讓我們理解到另一種對生命的看法和感受，發現臺灣文學發展的另一種可能。

楊樹清《渡》序

敲門的天使

一位天使，假扮成迷途的旅人，來到坡里斯山谷，敲打著修士們的房門。他敲得那麼急促、響亮，惹得修士們都生氣了。一位修士終於把門打開，問道：「你打哪兒來？竟敲得如此不成體統？」天使說：「那麼我當如何敲法？」修士答道：「不慌不忙敲三下，然後暫停。讓門房有時間唸一遍主禱文。如果他還不來，再敲。」「可是，我迫不急待呢！」天使接著說。

這是《聖方濟的小花》（*Little Flowers of St. Francis*）裏的故事。——每一位活在我們這個時代的人，大概都不難體會我借用這則故事的用意。

在我們的時代裏，人們如往常一樣，穿衣吃飯，爲生命歡呼，也爲災荒落淚。星移斗轉，日子與從前並無甚大差異。固然每個時代中人，均自認爲站在歷史的關鍵地位上，他們舉手投足，便影響了歷史前進的腳步。我們這個時代的人，尤其表現出這種自信與自尊，每自詡是高踞於歷史的顛峯。可是，事實上每個時代，都是歷史的關鍵時刻，每個時代也都是《雙城記》所說：既光明又黑暗、既是最好又是最壞的時代。活在咱們這個時代，既不得天獨厚，也未必得天獨哀。只不過，縱使其他任何一個時代都比現在光采偉大，也都不及這個時代對我們有意義。因爲，這恰好是我們所身處的時代。對我們來說，它確實比每一個時代都重要。

不幸的是，在如此重要的時代，我們的理解，往往空洞；而行動，則常顯得畏葸涼薄。

不錯，跟歷史上各時代比，我們這個時代普遍富庶；拜科技文明之賜，生活之便利、生命之安養，也遠勝於古代；天下一家、世界大同之理想，駸駸乎可期。然而，在廣厦連雲、食前方丈、車如流水、燈紅酒綠的景象中，戰爭的災禍、思想的對抗，人與人進行體制性而系統化地互相啃囓廝殺，也形成了前所未見的陰影。淚水與鮮血，泡浸著一切尊嚴與榮耀。屈辱和虛飾，烘染出一幕幕金錢與權力爭奪的劇碼。自私與不義，籠罩在我們周遭，短視而鄉愿的人生態度，逐漸成爲社會上人所共許的行爲模式。在這樣的時代裏，我們顯然比從前更需要清明的頭腦、高遠的眼光，也更需要決斷力和對道義的堅持。但實情恰好不是如此。活在這個複雜而詭譎的世代中，人們往往迷惘茫昧，對人的存在處境，缺乏理解，甚至充斥著與眞相截然異趣的認知。而且，即使眞理與正義，已然清晰無可懷疑，人們也總愛以卑懦與私慾來模糊理性的判斷，以冷漠與虛僞來塗飾柔巽怯荏的靈魂。

因此，在我們的時代，能眞誠感知生命與世界的人，直如天使一般稀少而高貴。此類稀罕且高尙的心靈，必須負荷整個時代的傷痛、人類的苦難，在心靈之內，忍受煎熬、屈辱、挫折與哀傷。這些挫傷，並不是這個時代所能了解的。故傷痛者的呼號，卽宛若暗夜中倉皇急促的叩門聲，原想喚醒沉睡中的心靈，不料竟冒犯了時代，違背了這個時代中人所共許的行爲模式。……以致天涯已若比鄰，海內卻乏知己，形成了我們這個時代另一種深沉的悲哀。

周志文卽屬於這種爲時代之哀傷做註腳的人。他活在這個時代，眞是不幸。然而，也正因爲此種不幸，倒幸運而恰當地體現了這個時代的悲哀。

他詼諧灑脫、笑謔時作，其實落落寡歡；時或遊戲縱放、善於應世諧俗，實則沉鬱蒼涼，不喜酬酢。熟於世故，卻羞澀游移；積聞廣識，然博學而無所成名。對世界充滿了熱情與理想，但時感悲觀絕望；對自己充滿期許與自信，可又頗覺卑微沮喪。因此，他是我所認識的人中，罕見的浪漫英雄，兼具理想主義與荒謬的氣質。他銳意批判流俗的時論，依我看，皆可視爲我所謂時代之傷痛者的呼號。

呼號者痛切悲鬱，時人聽之，反或責其不雅馴。例如他曾寫過一篇批評我們縫製一面「全世界最大的國旗」的文章，刊出後，卽有讀者去函報社，曰：「在自己的國土上做一面大國旗有何不可?寫上述社評的傢伙，眞是冷血動物，王八蛋!」此眞妙評也。是的，對時代眞正的熱情，其中必須涵有大清明、大智慧。但在一個對世界的糊塗，冒襲了熱情者之美名的時代，看起來卻彷彿是冷血無情的。周志文的時論之不能獵取時名、不能成爲這個時代人所共許的議論，原因端在於此。

他的論點，有幾個特色。最重要的是對生命的矜惜與尊重。這種精神，瀰漫於所有的言論中，乃其言談之主要基調。此一精神，有時以人道主義之面目出之，極力頌揚人道精神與道德實踐，呼籲我們以寬恕和愛心面對世界，認爲人道與倫理應超越於一切政經利害的考慮之上。但這又非「人道」二字所能涵括。因爲他對於非人之生命，也同樣關懷。像國際動物保護人士去北極拯救三頭灰鯨，便使他大爲感動。此種關懷，其實仍是人道主義的;人之所以爲人，不就在於我們具有惻隱之心，與一切生命均有同體之感嗎?

相信人與人、人和這個世界之間，應該以對生命的尊重與溫柔，重新建立人和世界的秩序。而且相信得如此虔誠，在這個時代不但十分罕見，簡直就是荒謬的。然而他的時論與一般政治社會評論不同，格外顯露出它高貴之品質處，也就在這裏了。

基於這種對全人類的關懷，他的言論也當然會顯露出另一特質:對世界整體的理解與關切。他常質問我們的政府與社會到底有沒有國際正義，有沒有國際秩序的觀點。在國際道義之前有沒有盡到我們的責任。這在我們同屬中文系出身的朋友間，無疑是十分特殊的，放在全國「言論市場」中去評量，也自有其高貴的質地。因爲這種世界觀，並非著眼於國際權力場之縱橫捭闔，而是奠基於國際社會的倫理觀，而且與其人道關懷合而爲一的。做爲一個人，他要求我們肩負起我們做爲一個人所應擔負的責任；做爲國際社會中的一員，同樣也須在國際合理秩序上承擔我們的責任。

據此，責任倫理以及誠實而有擔當，即成爲他批判檢驗一位政治人物或一個國家品格的基本主要指標。「不誠無物」，乃其主要信念；良知的醒覺，是他認爲最珍貴的事。一切民主、自由云云，倘若喪失了良知與眞誠，可能就成了謊言及罪惡的護符。

這是他的信念。當然，也不妨說是他的迷惘。他所尊重的價値，所揭揚的理想，在現代，不是脆弱得有待扶持，就是業已沉淪消逝，成爲遠古的記憶。故其論述，做爲時代警鐸之意小，而誌時世之哀的意義大。面對這樣的世界，藥方子固然是有了，無奈病人偏偏不服此藥何！

我也是販藥的郎中，觀其處方，輒多暗合。我的力量，當然也不足以使時代幡然改途，服我丹砂。然而，我記得有首洋文歌曲，名叫「你跟我一齊對抗這個世界」（You and Me against the World）。在我們的時代，這是我們唯一可以肩負的任務。

七九年六月周志文《在我們的時代》跋

試讀王幼華

王幼華不是個很可口的作家，他的作品當然也不很容易讀。

根據葉石濤先生的分析，由六〇年代到八〇年代，只有王幼華才表現出深厚的思考能力，反映複雜繁忙的工商社會，才有透視中國和臺灣未來動向的意圖。他認爲王幼華具有「可怕的才華」與「偉大的資質」。

葉先生向來不輕易許人，他的話應該是可信的。然而，試讀王幼華的小說，確實又感到十分迷惑。他的小說，幾乎具有一切壞小說的特色，諸如結構鬆懈，人物性格模糊，形象曖昧，語言粗糙，敍述凌亂，理念濃厚等等，如烏雲堆積，如冰雹散落，又如暗夜裏竄動的閃電，千蛇萬縷，爆發在驚駭的空氣中。似乎帶來了一些神秘的啟示，但又茫然不知端緒。

可是，這樣的小說，除了令人不快樂以外，究竟有什麼好呢？

這個問題，老實說，我也不知道。因爲傳統對小說的理解與批評模式，歷經近代社會文化大變動以及小說本身不斷變異性發展之後，早已瓦解了。批評家與創作者，彼此都還在理解與誤解之間摸索，嘗試找到一條新的通路，來建立對小說的認識。但是，至今爲止，我們只能對某一特殊思考方式、特殊表達方式的文學，例如象徵主義派、印象主義派、未來派、亞克美派……之類，發展出一套相應的理解及批評方法去探索，而還不能有效地形成一種評估文學的普遍方法。換句話說，如果王幼華是某一派或某一主義的小說家，那麼，問題就容易解決了，我們只要套上理解該派的小說理論及批評方式，就很容易找到理解的進路，以及評價的準則。可惜王幼華並不是這樣的作家，反而是許多批評者在討論他時，各有其本身理論上的限制，硬是把他看成了某一派某一風格的作家。

其次，就藝術的原理來說，情節、人物、語言等等，其實都是描述語句，而不是規範語句。一篇人物刻畫生動、語言流暢華美、情節緊湊的小說，也可能只是一塊鬆軟可口的蛋糕，因此也不能拿這些做爲評斷的標準。王幼華的小說，可能有點像鄭海藏的字。海藏書學工夫雖深，但用筆結體，卻極古怪，幾乎無一筆不是敗筆，然而也未嘗不好看，未嘗不讓人震動。

碰到這種情形，作爲一位批評家，幾乎是要言語道斷了。而這二點，或許也就是王幼華小說較少被討論的原因。

雖然如此，王幼華的小說世界，也並不是封閉的。他特異的性格、特異的語言運作、特異的人生觀世界觀，都逼使讀者感到一陣強烈的震眩。那裏面的人物，據批評家說，大半是病態的。這個我十分同意，但是，我想換個方式來說：

根據 Rollo May 的研究，在近代「意志混亂的時代」裏，一般人已經從空虛走進了絕望感與無助感的世界，因此，他們普遍在「無感覺」的狀態，對一切都感到冷漠無所謂。整個社會，健康的匿名羣眾們，心理狀態即是如此。他們內在也有痛楚，也有焦慮，也有疏離與虛無的衝突，但是他們已經習慣地用冷漠來自衛了。他們稱這種無感覺的狀態，叫做「適應」。

而王幼華小說中的人物和事件，就大多是適應不良的結果。一般適應良好的冷漠者，乍然驚見這些人物和事件，當然就會像〈愛與罪〉裏的那位柯刑警，感到自我的尊嚴和傲慢，受到了挑釁與侵蝕，雖然彷彿也察覺到了「若知道他是誰，也可以知道自己是誰」，但仍不免要高聲罵他是「瘋子」！

由這個意義上說，瘋子反而比所謂的正常人正常，而且高貴。他們敏感地覺知了人的災難、愚昧與墮落，意識性地經驗到大多數人暫時無法意識到的事態，因此，他們也能對未來有所預感。最明顯的例子，就是〈愛與罪〉裏的黃老頭。他在樓房起火的前夕，警告大家：

「一切都會毀滅，有罪的人趕快懺悔，明天你們就會受到教訓。」起火後他成了眞正的瘋子。而楊傑，被斥爲瘋子的楊傑，也是第一個逃離罪惡之火的人；但後來他卻以他淸白的心，透過死亡，救贖了地獄的刼難。

王幼華這樣給予瘋子的地位與尊重，可能是來自他對世界和生命特殊的看法。他知道這個我們所生存的世界，充滿了混亂、爭鬪、矛盾、歡樂、愛恨、愚昧，但是它是無可替代的，他不能改變它，也不願意去改變它。救贖固然必須，可是不可能以消弭人類之屠殺與殘害來達成。在〈救贖島〉和〈東魚國戰記〉之中，他指出：人類互相殘害，乃是人性無可逃避無可制止的罪惡，人只有死亡才能獲得洗禮與救贖；違反人性的罪惡，便要忍受永生的處罰，讓你永遠看著不斷重複出現的殺戮。

這是種特異的人生觀，與一般哲學家宗教家所說，大相逕庭。因此，他對死亡有很深刻的喜好與讚誦。他認爲毀滅即是開始，爭鬪的瘋狂即是歷史。而死亡，則是一種洗禮，是生命無限奧秘中最神聖的祭場。在死亡的儀式裏，人在劇烈的心靈熬煉與領悟中，獲得恐怖、驚慄的啟示（見〈生活筆記〉：死之廻旋）——

你要知道死亡的秘密。

> 但是，除非你到生活裏去找，否則怎能發現？
> 貓頭鷹的眼睛可以透視黑夜，但到白天就盲了，不能揭示光的神秘。
> 你若眞想看看死亡的精神，就得敞開心房，進入生命的當體。
> 因爲生與死是一，正如河與海不二。
>
> （紀伯倫 Gibran ‧先知 The Prophet）

在這樣的觀點之下，死亡與愛、與性妄戀，遂成爲他小說中經常觸痛人們眼光的部分；而茫亂與悲苦的生命，也因此而顯得似乎不再那麼難以理解。一切扭曲、蒼白、卑微的小人物，似乎也有了不可抹煞的存在意義。

如此，王幼華小說便應該是以人及其存在爲主題的小說。整個關切的焦點，是人，而不是事件、不是什麼社會。他彷彿只想逼問人在存在的絕望或焦慮不安之中，應該如何自處。而不是要刻畫臺灣的現實生活，描寫時代與社會變遷的脈絡。

當然，他也不是沒有反映社會的作品，如〈一九八四的一場市民秀〉，即曾以客觀敍述的方式，縷說一夜挑逗與反社會道德的美。但就小說來說，我以爲那是個失敗的企圖。王幼華擅長的，其實不是寫實——描寫社會現實——而是剖解人類內在的世界。即使是寫實，也會變成寫心理之實。因此，若就寫實的角度來看，他小說裏的說明就太多了。人物與事件，乃至情節之推移，「呈現」的表達方式中，往往夾入許多作者的敍說與詮釋，破壞了整個小說的完整性。反過來說，如果作者不是意在呈現，而是表達他對人生存在處境的理解，那麼這些類似旁白的地方，反而卻提供了我們許多訊息，而且也提昇了小說的層次。

譬如〈東魚國戰記〉，以東魚國影射臺灣，以福克蘭、中東戰況假擬未來的混戰局面，層次並不很高。整個描述，讓人有滑稽之感；但結局處加上了王幼華與自己的哲學：相對存在。小說便產生了奇異的深度，出現了人存在的普遍意義。

換言之，如果把王幼華界定爲社會現象的反映者、現代人生活困境的批判者，都是可悲的。因爲他所探詢的，本不是，或不只是這個時代的問題。誠然，他之所以會如此問、會如此想，是拜時代之賜，然而他思索的內容卻並不被時代所局限。否則他也不會將最後的洞悉者變成一個眼中發出平靜光輝的悲天憫人宗教家了。

同時，也正因爲如此，王幼華才不至於陷落到社會性問題以及正義感的抒發上，避開了近些年來我國小說常見的毛病，而能更寬廣、更詭譎地審視道德的複雜性。更嘲弄、更冷冰地觀看世界與人生，使他的小說，不成爲某種教條式工具。這自然是很可喜的事。

七四年六月十八日《自立晚報》副刊

附錄：本文曾收入陳幸蕙編《七十四年文學批評選》，陳氏並加按語云：

龔鵬程曾說：「文學批評是文學的眼睛；從事文學批評，猶如在寒夜中鑄造陽光。藉著文學批評，照見了文學領域中，一切幽微細緻和動人心魄的質素。」那麼，這篇論王幼華小說的短文，也許可視爲是龔鵬程在文學的寒夜中鑄造陽光的一點努力吧？

這篇批評文字一開始，龔鵬程便開門見山地指出，傳統批評模式的狹隘與有限，因此，在遇上像王幼華這樣，小說的路數與招式都奇詭怪異的情況下，傳統的批評理論和方法，便似乎顯得無力而不知如何應對了；但在此無力感之外，龔鵬程仍不放棄地試圖從不同的立場、不同的見解出發，希望能爲王幼華的小說世界，開啟一扇了解的窗子。

基本上，龔鵬程認爲王幼華的小說，乃是向人的深邃無比的內在世界去發掘探索的，「關切的焦點是人，而不是事件，不是什麼社會」，因此，他對人及其存在問題的關心，遠超過了對現實生活和時代社會背景變遷的注意。由於小說家呈現其理念，必是通過其自身的觀點和處境，因此王幼華作品所以不易爲一般人理解、接受，而顯得似乎有些虛無神秘的原因，乃在於個人特殊的價值觀與世界觀。換言之，乃在於他對個體的存在、死亡、愛與原罪等人生哲學的課題，有迥異於一般人看法的緣故。然而，也正由於有著如此向內探索逼視的主題內容、與眾殊異的人生道德理念，以及紛雜倒錯的文字特性，倒反而爲他的小說，在現有的種種可被識別歸類的作品族羣之外，另樹了一面鮮明而風格獨特的旗幟。

龔鵬程此文發表於《自立晚報》後，葉石濤先生在二十一期的《文訊》月刊（七十四年十二月出版）

上，曾提及此文的某些論點：彷彿鏡子一樣地，照亮了「浸淫於浪漫派文學批評的批評家的缺點之一」。而王幼華亦曾私下表示，龔文是他所見對他比較適切的評論，並將之收進其最新的小說集《狂者的自白》中為附錄。如此，則龔鵬程此評，果然是照見了王幼華小說中「幽微細緻和動人心魄的質素」，而開啟了一扇明亮的天窗了。

悼錢賓四先生

在颱風來襲的驚恐中，獲聞錢賓四先生下世的凶耗，震悼之情，實難言表。

錢先生治學，在我們這樣的時代中，一直是個傳奇。早先，他與王雲五先生一樣，爲「自修成名」的典型，因爲錢先生的正式學歷，只不過是常州府中學堂的肄業生。未畢業便去教小學、教中學。然後以一中學教員，受聘爲北平燕京、北京大學教席。其後浪跡南北，凡教書七十餘年，著述亦七十餘年。晚近報章或稱之爲「國學大師」。國學二字，涵義不甚確定；但大師的稱謂，想來是當之無愧了。民國以來的學術史上，能有先生撐撐場面，總算還不太寒傖。

先生的成名作，肇於《先秦諸子繫年》。而奠立其學術規模者，應推《國史大綱》。晚期致力於朱子學較勤，自《朱子新學案》以後，多就理學中述歷史文化要義，期於警世振俗。先後所著書數十種，幾千萬言，精勤浩博，現在的學者，根本不能望其項背。這在某種程度上說，是由於錢先生天資過人。例如他注《公孫龍子》，只花了七天；寫《莊子纂箋》也只費了兩個月，這都不是普通人能辦到的事。錢先生給人的印象是苦學成名，他也從不炫耀自己的才華，其實如此捷才，可謂並世無兩。

從純學術立場說，錢先生的《先秦諸子繫年》，至今仍是討論春秋戰國史的最主要參考書。《國史大綱》則仍爲最有價値的通史，對近數十年來國史專業研究，具有典範意義，益人神思，啟沃後學最大。《近三百年學術史》更是先生獨闢的學域，繼黃梨洲、全謝山之後，可謂無愧於先賢。許多資料與論題，也都是他發掘出來的。《朱子新學案》體大思精，亦爲治宋明理學者所必備。除這幾部大書之外，別有屬於古地理、古代經學史考證的書如《史記地理考》等等。未勒成專書者，則輯爲《中國學術思想史論叢》八大冊。這些書，要說是今日治中國文史之學的重要參考資料，恐怕並不正確。比較恰當的說法是：不通讀錢先生的書，根本就不可能進行對中國歷史文化的研究。

但錢先生的淵博，不只是天資超卓，恐怕代表了一個時代的風氣。也就是說，在錢先生那個時代，某些人做學問，是以整個人投浸在整體歷史文化關懷之中，對文化問題做總體的掌握，而非以學問爲客觀的材料，並以學科來限制自己。所以他不同於現代學術規格中某一科門的專家，其論述也不求符合學術市場上的規格。他以他雄渾的生命力以及對歷史文化的熱切關懷，隨時可以對文化上任何一個問題深入鑽研，熱烈發言，但又不能以某事某問題囿限住他，因爲他所關切的乃是整個文化的生命與出路。這樣的人物，在清末民初極多，如康有爲、章太炎、梁啟超，甚至胡適、熊十力等都是。爲學之途不一，然對文化之整體關懷則無二致。現在的學風，不容易再培養、也不易再容許或欣賞這樣的學者了。

雖然如此，錢先生的歷史文化總體關懷，畢竟也有其著力點，也有他的基本方向。故他治先秦諸子，治古史、古地理、宋明理學、近三百年學術史……，卻不致泛濫無歸。這個著力點，其實便是諸子學。

許多人認爲他是個史學家，是的，論民國以來史學，無出錢先生右者。但他不是就史論史，或考古證史的人。他是通過對歷史的省察與討論，來申述他從孔子、孟子、朱子那裏學來的價值理想，並用這種價值來期許我們這個社會，探索中國文化的出路。

此乃錢先生苦心孤詣之所在，也是他不易爲人所理解的地方。因此，錢先生根本是寂寞無助的。做爲史學家的錢穆，人無異辭，都承認他的地位；但論到錢先生所信仰的文化理念時，爭論就多了。

錢先生初成名時，參與顧頡剛所主持的《古史辨》工作。但他對古史的態度，實與顧頡剛迥異。在北大時期，跟胡適、馮友蘭等人治學之方法議論亦不相合。故錢先生雖屬北大，卻又實非北大系統。後來南下香港，在港與唐君毅等合辦新亞書院。情況自與北大不同。對中國歷史文化的態度，他與唐先生當然是比較合契的。但在整個大環境中，他們仍然是孤獨的。當時神州板蕩，軍民流離，臺灣與香港混雜彌漫著一片難民意識及復國意識。然而，反省亂離、伺機復國，舉國上下，方著意於政治軍事。唯獨先生等，於滄海橫流之際，執著於文化教育，其識見之高迴，適足以造成當時處境的艱難。在那個時代裏，先生之孤寂，應不難想見。等到新亞書院逐漸辦出個規模以後，英國政府又橫加干預，硬逼得錢先生離開新亞，退來臺灣。其中之辛酸，恐怕難以盡述。而原先號稱當代新儒家主要基地的新亞，人員內部也產生了分化。新儒家中，如牟宗三、徐復觀、張君勱先生，都與先生凶終隙末。牟先生不同意錢先生尊朱的觀點，徐先生、張先生不同意錢先生對中國政治傳統較具溫情的講法。爭論的結果，錢先生當然益形孤獨了；本來是風雨如晦，故嚶鳴以求友，不料在共同對抗時代的陣營裏，卻因策略及見解之不同而分道揚鑣。在我們後學看來，尙且覺得遺憾；先生本人，必然更爲感傷罷。

因此，從整個形勢上看，錢先生雖有重名，雖戮力於文化教育，但他本身便是時代錯誤的產物。他一生在對抗時代，在平衡他所認爲的時代偏差。但他的主張，在整個學界中卻是孤獨的，他治學的方法亦無嗣音。學界之外，對他更是欽其寶而莫名其器。

此一形勢，錢先生不可能無所感，亦不可能沒有一點傷痛。但我猜想他是不會在意的。因爲「勞者自歌，非求傾聽」。對錢先生而言，學習中國歷史文化，談論歷史文化，即是他生命的本身。他晚年視力衰退之後，最後一本著作，名爲《晚學盲言》，不就體現了這種意義嗎？好學不倦，不知老之將至，且目雖盲而仍要言，這便是錢先生人格之可尊敬處。信道之篤、向學之誠、以及傳教之心，都是我們這一輩人所仰望的。

當然，錢先生之人格與風骨，不僅表現於此。例如他不願如高玉樹先生那樣佔住公舍，而主動搬入市塵，便顯示了他對辭受之際自有分寸。去年我赴北大，主辦紀念「五四」七十周年會議，期間曾在燕南園拜望了馮友蘭先生。馮先生老耄失聽，視力昏茫亦如錢先生。他對我們說，甚爲想念錢先生，希望能讀到先生的《晚學盲言》。返臺後，我們幾位朋友便向錢先生報告此事，並請先生寄示新著。錢先生只說老了，題了錢穆二字，上款缺。我想，錢先生大概是對馮先生信執道守的態度，有所保留吧。聊舉此一事例，供世參悟。其餘有關先生的道德文章，相信不會永遠寂寞的。《中庸》所謂：「君子之德，闇然而日彰」，中國文化如果還有未來，未來一定會有人重新傾聽他的聲音。

七十九、八、三十一《中國時報》

我的書房

讀書人談他的書房，就像女人談她的首飾盒，是要惹人嫌厭的。

何況，據報館裏的朋友們分析，咱們國內二十歲以上的人，有百分之六十一，這半年來幾乎沒買過任何一本書。另外，百分之四十六的人在選擇禮物贈送親友時，從來都不把書考慮進去；剩下那些雖或想到可以送朋友一兩本書的好人，當然大部分並不曾眞送了書，因爲他的朋友恰好就是不讀書的。因此，所謂書房，恐怕是上古遺留下來的名詞，一般人旣未見過，本省建築業中，似乎也早已沒有這一項規劃啦！

不過文人仍然喜歡談談他們的書房，在浪漫的懷古氣氛裏，想像書房的情趣。但你曉得，讀書人在臺海兩岸都是不值錢的。大陸的教師薪資，長期以來，都是所有行業中最低的，所謂「手術刀不如剃刀頭，原子彈不如茶葉蛋」。近來略有提高，然距餓殍之境界，仍不甚遠。咱們這裏也好不到那去，食幸有魚、出或有車，但蝸居陋巷，偪仄局促，但求一枝之棲，何敢妄想什麼書房？

嘗讀明人陸紹珩《醉古堂劍掃》，他形容書房的條件是：「滄海日、赤城霞、峨眉雪、巫峽雲、洞庭月、瀟湘雨、彭蠡烟、廣陵濤、廬山瀑布，合宇宙奇觀，繪吾齋壁。少陵詩、摩詰畫、左傳文、馬遷史、薛濤箋、右軍帖、南華經、相如賦、屈子離騷，收古今絕藝，置我山窗」。此種書房，於今大概只能求之於故宮博物館，我人根本難以想像。

卽使標準不這麼高、卽使陸紹珩談的也只是他理想中的書房，古人一般書齋大概距此水準並不太大。例如寫《陶庵夢憶》的張岱，他家裏就有好幾個書房。什麼「梅花屋」「不二齋」「瑯嬛福地」……光聽名字，就令人魂銷。這些書房，眞是「房」，外面有「前後空地，後牆壇其趾，西瓜瓢大牡丹三株，花出牆上，歲滿三百餘朶；壇前西府二樹。花時，積三尺香雪。前四壁稍高，對面砌石臺，插太湖石數峯。西溪梅骨古勁，滇茶數莖嫵媚。其傍梅根種西番蓮，纏繞如纓絡」之類，屋裏，那就更不用說了。

以此爲標準來看，現下誰有資格說他有書房呢？所謂書房，若未絕迹，大約也只是工作室的別名罷了。小孩爲準備考試、寫功課交差，需要一張桌子、幾册參考書（參考書的消費額，是我國圖書交易量的三分之二）。大人，不幸而爲教員文人，爲了餬口，不免幹些家庭手工業，必須伏案抄輯；所以也得有個堆積退稿的地方。這些地方，便常宣稱爲書房。

房中大抵什物堆積、紙卷雜沓。一燈熒熒，伴我兩眼昏花。不復爲張岱之瑯嬛福地也。

我家的書房，更是如此。其實亦無所謂房。早先住在桃園，屋子總共十坪大，除去床浴廚厠，便是書。起居藏息，皆在其中。書架是我自己買了木頭扛回家，敲敲打打一番就搭起來的，連木面都沒有刨光。書揷上去，旁人看著寒酸，我則頗爲得意。遷居臺北，書架自仍移來；差喜堅固如恒，甚便我工作。但有一天我去淡水上課，臺北大地震，媽媽正在午睡，聽得轟然大響，忙跑到房間一看，書架震倒了一面。書呀書，堆得滿坑滿谷。累我整理了一個月。幸好人不在裏邊工作，否則恐難倖免。過了一陣子，淸晨大地震，又是乒乓一通，震垮了另外一面……。

經過這麼兩鬧，我才曉得我們家潛藏的危險。有天有位朋友來訪，我請他在客廳午憩。他睡在那兒，瞪著前面的書橱，想起我書架崩塌的往事，朦朧中書架竟活動起來，彷彿一具大棺材，要朝他迎頭蓋下。嚇得他屁滾尿流，匆匆奪門而去。

事實上，「書多壓死人」，絕非虛語。朋儕中，我的書不算頂多的。但已有些不相熟的親戚，會拉著老婆悄悄問：「妳先生是開租書店的嗎？」言下若不勝其痛憫。老婆當然也對我的買書惡習，至爲不滿。她常威脅著要把這些垃圾丟出去。因爲亂七八糟的書，堆得一塌糊塗，既礙觀瞻，亦不便行動，「都是一斤兩塊錢的東西！」她嘟噥著說。

其實我的書算什麼？陸放翁之書，號稱書巢。巢就是蜂巢。據說進出書房，都得像蜜蜂在巢中曲折鑽動，甚至匍匐轉側，乃能成功。而放翁在宋朝，還稱不上是大藏書家哩！我的書，更遠不够資格冒充藏書家。然而只此便已令人頭痛了。每找一書，輒翻箱倒篋，遍尋不獲，只好上街再買一本。所以到底有多少重複的書，自己也搞不清楚。幸而書不管重不重，都常使用，非充門面假裝潢而已。我幾乎從不上圖書館。中央圖書館裏面長什麼樣子都不曉得，更不用說什麼中研院的罕秘珍藏了。這當然是因個人治學方法特殊，從來不必仰仗秘本；也是因爲性格乖張，自以爲我沒看過的書，大概不會有什麼價值；更因爲我自己的書用來順手，既然足供採摭，自然不必旁求。

我想這大概就是在現今公立圖書館發達時，人們仍願擁有一個屬於自己的書房的原因。雖然如前所述，這點卑微的心願，有時不免只是夢想。但去圖書館畢竟如逛博物院，奇珍異寶，眾呈畢列；卻總不及自己家裏一兩樣破銅爛鐵——雖不可能打理得整齊光鮮，然而蓬頭垢面，卻不妨晤面相親。老婆與書房，道理都是一樣的。

七十九、八、十九《中華日報》副刊

潮起潮落

假如你撿到一顆貝殼，放在耳邊傾聽，你就會聽到大海的潮聲。同樣的，我們看見一座荒城、一處古厝、一些殘碑敗塚，我們也會聽到歷史的聲音。貝殼，紀錄了海的歷史；古蹟，刻盡了人的滄桑。古往今來，多少民族，創建了光輝燦爛的文化；多少帝國，建立起威武雄強的霸業！從早期尼羅河畔的埃及文化，中南美洲的瑪亞文化，幼發拉底河與底格里斯河之間形成的巴比侖文化和亞述帝國，印度河文明，以及屬於海洋的克里特文明……等等。到希臘、羅馬、伊斯蘭回教帝國、號稱「全世界統治者」的印度笈多帝國……等。這一個個文明，一個個霸業，它們留下了什麼嗎？

在時間的沖刷之下，埃及，只剩下幾座金字塔，克里特文明則僅見一些大石子了。這些，都是人類歷史海邊的貝殼，但它訴說了大海的消息。

在中國，「西風殘照，漢家陵闕」，秦亡了，漢滅了，唐朝也早已崩潰了。唐朝詩人劉禹錫，曾感慨六朝的滅亡，說：「山圍故國周遭在，潮打空城寂寞回」。是的，何止六朝？在潮起潮落之間，歷史就淘汰掉一個個王朝，甚至一個個民族！被淘汰的王朝與文明，只留下一座荒城，幾堆巨石，供人憑弔而已。

爲什麼這些文明興起時如此燦爛，覆滅時又如此淒涼？

在它的強盛時，顯然它們是站在潮流的頂峰，抓住了歷史的契機，看清了時代的脈動，所以能夠鼓動風潮，造成時勢，引領一代之風騷，全世界都要向它注目致敬。但一旦它不再配合時代與潮流，看不清歷史的方向時，巨浪打來，它就只好滅頂了。

這就是潮流的力量。

五代時吳王錢鏐，曾因錢塘江上海潮太大，秋分時節高達八公尺以上的巨潮，堤都擋不住，而喝令潮水退去。潮怎麼會聽他的？於是他又選派了三千名神箭手，想以強弓硬弩來射退潮水。這眞是個壯舉，可惜是不能成功的。

因爲海水雖然溫柔，卻蘊含了大自然難以抗拒的偉大力量。潮流，是地球與太陽月亮之間，一種宛如呼吸般的律動，也是江湖河海與地塊互相衝撞的結果。所以一方面它拍擊水岸，所謂「驚濤裂岸，捲起千堆雪」。一方面構成洋流，形成水與水之間的巨大運動。

例如臺灣周圍，卽屬於黑潮、親潮的運動區。「黑潮」西經菲律賓，北折沿中國東南岸而達日本附近，水溫較高，有攝氏十六至三十度，以致這個地區氣候較爲溫和。「親潮」則起自北極海，經白令海峽、千島列島而達日本東京附近，屬於寒流。這兩股潮流，不僅影響這地區的氣候，也提供了豐富的漁場，影響了這個地區人文景觀與生活狀況。

漁民爲了捕獲漁產，必須熟悉潮汐與流向，準確預知魚羣的潮期，在適當的地方撒網下水，才能滿載而歸。倘若不然，不僅漁獲量減少，還可能因逆流行船而慘遭不幸呢。

換句話說，孕育生命的海洋，正以其潮流顯現大自然奇妙的規律與動態美。但其中也有不可抗拒的偉大力量在。只要順應它、掌握它，我們便可滿載而歸；逆拒它、不理會它，則往往會被它巨大的力量所摧毀。只留下一批斷垣殘壁，在浪潮的拍擊中，發出一聲聲嘆息。

這就是潮流所能帶給人們的啟示。而事實上人類也確實善於理解並努力實踐這一眞理。

當臺灣不再唱「港都夜雨」和「補破網」，而在街頭出現龐克族、原宿族，家家戶戶收聽著流行歌曲時，是不是顯示了「潮流的自然篇」已經發展到「潮流的社會篇」了呢？時髦、新潮、流行，成爲這一代青年一切行爲的準則及基本生活方式。或許我們對於追逐潮流而喪失自我，深感憂慮，但在日常生活中，我們確實是不斷在印證「人是活在潮流中」這個道理。

以服裝來說吧。從淸末民初男士在西裝褲上穿長袍；到三〇年代中分頭、金絲邊眼鏡、寬鬆打摺吊帶褲的男士裝扮；再到六〇、七〇年代的香港衫、西裝；現代雅痞的個性穿著、注重名牌、休閒裝……。變化不可說不大。男人的服裝尚且如此，女性衣著髮式之潮流變遷，那就更複雜、更驚人了。

視覺之外的聽覺文化，同樣在改變中。民謠、山歌日趨沒落。周璇、白光的老歌，梁祝黃梅調、流行歌曲、校園民歌……直到瑪丹娜，潮起潮落，也是物換星移。

固然這些世俗化的潮流現象，不如帝國王朝的興亡那樣令人驚心動魄，但這其中也有小小的悲歡，也有歷史的嘆息。而且，在這些生活事例中，我們看見了「潮流」，具體地了解到潮流與我們的關係：在一個大夥都穿牛仔褲的社會，一般來說，我們不會故意去穿蓑衣。所以，順應時代潮流，幾乎也可以說是人的本能之一。像魚羣為了生存及繁殖，即必須順著潮流覓食和擴展生活範圍那樣。

這種世俗的、本能的潮流觀，有什麼文化意義嗎？有的。從牛仔褲到AB褲，到喇叭褲、直筒褲、功夫褲、打摺褲等等，我們即不難觀察到臺灣青年的文化型態，已從冷血青年，到叛逆小子，到憤怒青年，到龐克族，到消費青年。

短短幾年，我們的青少年已充分顯示了他們是注意潮流的訊息的一代。

這個現象，似乎也是近代中國發展的基本特徵。

早在民國三年太虛大師卽有詩云：「潮流滿地來新鬼，荊棘參天失古途」。從五四運動時期北大青年學生辦《新潮》刊物以來，據估計，我國文化、政治刊物以「潮」爲名的，恐不下三千種。這些刊物，標明了中國參與潮流的決心與行動。他們的主張，可以去年在香港創刊的《潮流》發刊詞來做說明，它說：「社會經濟和科技的發展，爲人類創造了文明的世界，但也使人類的生存和競爭面對更大的挑戰。物競天演，適者生存。個人、政府和社會要生存和發展，除了適應潮流，別無他途。本刊就是爲了潮流而辦，理性的反映和評介世界、中國的潮流，並探索中國融入世界潮流之路」。

這不是近代中國人共同的處境與心聲嗎？

我們迫切地覺得世界正在劇變，潮流正在形成，如果不能融入這個潮流、參與這個潮流，中國就要滅頂，就要在世界舞臺上，如古代羅馬埃及一樣，雖有輝煌的歷史，卻挽救不了被淘汰的命運。

也就是在這種存在的焦慮之中，我們普遍關切各種思潮與風潮，人人憂心忡忡，但又摩拳擦掌，準備大顯身手，做個優秀的弄潮兒。

弄潮是必須的，適應潮流才能生存，誰不知道？但是，文化與思想上的潮頭流向何方，卻不那麼容易辨別；歷史的發展，也很難說一定能找到什麼解開一切問題癥結的秘碼。弄潮的好漢們，在這時便不能不先研究潮流在哪裏，怎麼去參與潮流。

一切爭論與分歧，就從這兒開始了。

翻開中國近代史，知識份子救國，本身就是一部思潮起伏爭辯的歷史，波瀾壯濶，怒濤洶湧。

歷經同治中興、戊戌變法，到革命肇建民國。在國父孫中山先生提出：「近世以來，革命思想磅礴於歐，漸漬於美，波盪於東亞，所謂民族主義、民權主義、民生主義乃由磨礱而愈進於光明，由增益而愈趨於完美。此世界所同，而非一隅所能外者」的說法時，中國同時也介紹進來了社會達爾文主義、實用主義、無政府主義、社會主義、共產主義、工團主義；發展出了孔教論、村治論、以宗教爲革命動力論、以美育代宗教論、中體西用論、全盤西化論、不斷革命論等等。簡直錯綜複雜，令人目不暇給。

用魯迅的話來說，就是：「自不許『妄談法理』以至護法，自『食肉寢皮』的吃人思想以至人道主義，自迎尸拜蛇以至美育代宗教，都摩肩挨背的存在」。這恐怕在整個人類史上也不多見吧！

很快的，赤潮席捲了大陸，探索世界潮流的知識份子，不再注意各種思潮了，他們只能歌頌紅太陽。

只有臺灣，仍保留了這種探索思潮、勇於弄潮的精神。除了國民黨的不斷自我調整，以適應民主潮流之外；反對勢力，也以《夏潮》、《新潮流》等等爲標幟，進行他們有關民族未來命運的探討。

這些探討，人人都以爲掌握了眞理、抓住了潮流，並對大家宣稱只有他們所握有的眞理才是不可抗拒的歷史潮流。

潮流是不可抗拒的。但人文世界的潮流不全屬於大自然的律動；歷史的動向，根本上仍是人爲的抉擇與創造。一個適切的、能解決時代問題、回應歷史使命的潮流，必須如國父所說：「順乎天理，應乎人情。適乎世界之潮流，合乎人羣之需要」。開創這樣的潮流，需要擔當；選擇這樣的潮流，也需要智慧。

我們不能說誰的智慧不够。但潮來潮往之中，確有逆流，難以鑒別。潮流本身，又都提供了人類對未來美麗的承諾。這些承諾，對陷在苦難中焦灼的心靈來說，當然具有莫大的魅力。誰能抗拒這種魅力？

這個時候，我們便不容易判斷：所謂潮流帶給我們的，究竟是進步，還是美麗的謊言。潮流的魅力，又是否只是魔鬼的誘惑？

中國共產黨的創立者陳獨秀，要到晚年才發現史大林蘇聯是要不得的。第二代領袖瞿秋白，則在臨終遺文中痛苦地說，他之爲中共領袖是一場「歷史的誤會」，一齣「滑稽劇」，乃至「一場噩夢」。

當然我們不能因爲如此，就立刻斷言共產主義不是中國所需要的潮流。但是他們個人的後悔至少顯示了一位相信某個潮流、追隨潮流，甚至開創了潮流之發展的人，對他生命業已浪費的傷痛。

只不過，沉醉在誘惑與承諾之中的人，不太喜歡聽這些肺腑之言。他們仍然熱切地擁抱陽光，衝向海潮。即使在文化大革命時期，還有許多人相信這是中國革命過程中的必要步驟。誰能像法國學者 Simon Leys 那樣，寫下《毛主席的新衣》，一針見血地說：「毛式的紅太陽不過只是一抹塗了鮮血的夕照」呢？

塗了鮮血的夕照。在劉賓雁《人血不是胭脂》、老鬼《血色黃昏》等書中，這個淒厲的意象，仍然不斷出現。天安門鮮血遍地之後，吾爾開希則發現太陽已經變黑了，他誓言射下這顆黑太陽。

紅太陽或黑太陽都不重要，重要的是：爲什麼我們要期待太陽呢？「夸父逐日」的神話，告訴了我們，追逐太陽，只會渴死。期待太陽，也難免英雄崇拜的陷阱。

一九七九年北平上演了布萊希特的話劇《伽利略傳》。劇中伽利略曾說：「不！需要英雄的國家是可悲的」。潮流的製造者，往往聲稱他擁有眞理，要人承認他是國族的救星、救濟苦難的英雄。但潮起潮落，「大江東去，浪淘盡千古風流人物」，英雄是禁不住潮流的沖刷和歷史之批判的。

近代中國，有太多的潮流；也有太多人在潮流中迷失。他們要不就是迷信某個潮流，奉爲歷史必然的規律，陷入機械決定論的迷霧之中。要不就崇拜潮流的開創者、矢志追隨，結果並未獲得那美麗的承諾。「早知潮有信，嫁與弄潮兒」那樣的熱情，換來的，卻只是被愚弄的憤慨和迷夢乍醒後的悲涼。

這是中國的悲劇，也是近代知識份子的悲劇。而中國，就在美麗的憧憬與失望的哀愁中搖來擺去。

怎樣才能走出這場悲劇？怎樣才能切合歷史的脈動，眞正掌握世界發展的潮流？怎樣才能縫合近代中國歷史的傷口，在文明的海上，再做一次壯麗的遠航？

事實上，人類文明的展望與中國的航道，早已淸晰地呈現在我們眼前了。潮流已經形成，歷史也正在等待我們。但我們視而不見，或已有所見卻不肯行動，踟躕不前。這一切，正是：「春潮帶雨晚來急，野渡無人舟自橫」。且讓我們擺脫哀傷，認眞面對潮流的呼喚，勇敢地出發吧！

〔附記〕：民國七十八年初，受邀爲「潮流」節目撰稿。該節目係臺灣電視界爲對應大陸「河殤」節目而作。六四事件後再作這樣的節目，已無意義，故僅存此一篇，以爲紀念。

今夕何夕

列寧有一次喊了一聲「上帝！」引起後來馬克斯主義者很大的困擾。因爲有人問：他不是唯物主義者嗎？他怎麼會相信有上帝？這時，那些替他辯護的人就累了，只好引經據典，證明那是紀錄或翻譯出了錯，要不就是其言具有「辯證性」，雖喊上帝而其實反上帝云云。

另外也有人主張此乃「語言之遺留」。就像我們現在雖已不騎馬了，市政府要表示其效率，仍要開辦「馬上辦理科」。馬上辦，在今天當然不如坐車或搭飛機去辦事快捷，但古之語言遺留至今，一時亦不能遽去也。

人的思想也是如此。時代變了，人也自覺要適應時代的需要，要馬上辦了。然而他的思想及辦事的方法之中，卻仍不免殘存著許多上古之遺迹化石。以致馬上辦者，意在快捷，實則尚遠遠落在時代的風火輪之後。

要舉例嗎？咱們的政府政策或咱們的大學，就都是活生生的例子。近兩年來，臺灣的學運搞得如火如荼，校園中的覺醒份子，蒿目時艱，發爲改革的呼聲，音調甚爲激亢。然若細察其言論，便會赫然發現：其中固多切中時弊、高瞻遠矚之言，而上古化石亦復不少。援引十八世紀或民國初年大學的理念，來批判現今大學的體質，殊有文不對題之感。

這是因爲大學本身的結構已有了鉅大的變動。同樣的，處在大學內部體制中的「中文系」甚或「夜間部」，也有了極大的改變。例如通識教育的理念與實施，即可能澈底改變中文系做爲與大學中其他科系平列的結構，而可以成爲整個大學人文通識的骨幹或基礎。通過這個基礎，大學體制也可以重做調整，邁向一個全新的階段。面對這樣的變局，中文系的教育目標、課程設計、師資結構就都得隨之調整。何況，大學教育本身已在變，大學根本就已經不是在培養高級知識份子和學術研究人才了，中文系的課程當然也得改。

可是這怎麼改？中文系裏的老師們本身都是舊大學出身的，舊有的體制醞釀了舊的批判觀念。因此在我們理想中的大學教育，乃是依著舊有的批判觀念而形成的，距現今或未來大學之型態恐怕甚遠。學生更糟，他們對大學毫無所知，只能以父母親友及社會一般人的意見爲意見，所以他們腦字裏的中文系，還是十幾二十年前的上古形象，他們根本不曉得該怎麼來面對以下各種情況：中文系人數太少、出路太廣、課程訓練太簡單、與社會現實關係極爲密切、是大學中各種學科的基礎學問……。他們仍然以爲中文系沒出息、只能去當老師、整天擁抱古典、是大學中最不起眼也不必費力讀的科系等等。

關於夜間部，情況相同。他們仍以爲這是二十年前做爲補習教育的夜間部，仍然認爲既然讀了夜間部，白天就該去找個事做，搞不清楚今夕何夕。

今夕何夕，星光燦兮，明月爛兮。睜亮眼睛，看清楚時代，認清楚環境、弄清楚自己人生的價值理想與方向吧！新時代的中文系，需要新的夜中文人！

《星光》二十七期序

是爲序

德國大詩人席勒有一首詩叫〈舍易斯的覆面紗像〉，敍述一位青年到埃及古城舍易斯，去研究古儈人的秘聞。他悄悄跑進司繁殖之女神愛悉斯的廟裏，揭開了神像的面紗，結果嚇倒在地上，面色如土。

又相傳蘇格蘭學生研究神學有相當進步時，就大夥奔進地下之走廊，落後者就會給惡鬼攫去做小鬼。

還有，古希臘大數學家畢達哥拉斯，門徒眾多。然他之所以教示者，厥在勸其門徒不要吃豆子。因爲吃了豆子，肚皮就要發脹，會睡不好覺。

所謂研究、所謂教育，雖然神聖，其實也不乏此類充滿了荒謬可笑的情事。特別是每個時代的學術研究，都可能形成一套規格，伴隨著屬於它的儀式與禁忌。這些儀式、規格與禁忌，如蘇格蘭學生相信落後者會淪爲小鬼那樣，爲一個時代中人所深信不疑；不然則爲某些人所堅持，如畢達哥拉斯認爲不可吃豆子那樣，殷殷勸戒其門人，視爲正法眼藏。久而久之，此類規格、儀式與禁忌，便神聖化神秘化了，老師逐漸成爲教主，教主逐漸變成菩薩，寶相端嚴，垂拱而坐，學術的殿堂，遂也森然如神殿如佛龕啦。教主廣施教化，生徒不斷繁衍，竟成一大學派，言出而法，義正而葩，祖述憲章者不可勝數，則又如司繁殖之女神焉。不料，竟有一後生小子，篤志問學，忽然闖入神殿，揭起面紗，看淸了眞面目以後，卻幾乎嚇殺。

這當然迹近於開玩笑。不過，實際狀況大概也差不多。以我們這個時代來說，做學問也有它的規格。你若再去寫熊十力、錢穆或康有爲、章太炎那樣的文章，包管你不能畢業不能升等。你必須寫一種符合「論文寫作規範」的文章，必須在某類期刊上發表，必須參加學會，必須在學術會議上宣讀論文，會議也有一定的儀式。學術社羣內部則有若干禁忌，有些有點道理，有些也如不准吃豆子一樣，令人莫明所以。然而，禁忌會逐漸塑造出學術研究的傳統，重新鞏固並繼續規定做學問的規格，是不能等閒視之的。

中文研究，繼承著老的國學傳統，在這新時代的學術規格中，不免顯得格格不入，其價值亦屢遭質疑。但中文研究本身的傳統也甚爲頑強，不像歷史、哲學科系那麼快，便徹底淪入新規格新儀式中。我們似乎對舊有的傳統治學方法與目的，仍有某些感情及理智上的認同，對新時代學風及其發展，亦願抱持著冒犯的態度，偶爾也想上去揭開面紗瞧瞧。

這樣的態度與立場，無寧極爲尷尬、辛苦、又不易獲得了解。因爲我們從不排拒什麼。當然，除了篤信中國文化仍有價值，值得勘研之外，我們也沒什麼信仰。對於新舊規格固然皆無所堅持，就對於這所謂研究所謂規格云云，似乎也缺少一份神聖的敬畏之意。因此有時不免要被嚇著，不過，那又有什麼關係呢？

這從某方面說，是具有叛逆的精神、創造性的勇氣、擇善固執的信念等等；從某方面看，可能又只是略帶了一點兒「遊於藝」的態度，顯示了一些荒謬滑稽的姿勢，或體現了我們沈溺於衝突中不克自拔的命運而已。

我以爲，當代中文研究的處境就是如此。特別是淡江大學的中文研究所更具有這種性質。在這裏，充斥著生命的激擾與不安，混雜著時代的刻痕與歷史的色調；有融入規格、參與儀式的努力，也滿含懷疑批判的聲腔。頹唐與挫傷，交織在激昂飛動的態度中；戲謔諧玩，又往往表現爲莊嚴堂皇。格局雄闊，而卑弱浮華；規行矩步，卻目無全牛。

這樣的風格，當然甚爲荒唐，但同時也是嚴肅的。在過去兩年裏，我們辦過許多次學術研討會，規劃了許多新課程，對於研究方法之更新、中文研究未來發展性的開拓，自信在整個中文學界，包括臺灣和大陸，是沒有其他機構能相比擬的。可是那些都不重要——讓我重新回到我文章開頭的講法上去——因爲那些都是外在的東西。每個時代都可能有其學術規格、儀式、使命與禁忌，學術研究不是要去符應這些，而只是通過它，探索文化與自身生命的底蘊。生命與文化當然充滿了各種問題，這些問題又往往不易解決或不能解決，因此，中文研究所不應該只是提供一個學位、教人如何撰寫合乎規格的學術論文、使之參與學術社羣儀式活動的地方；乃是讓人眞正面對生命與文化，享受其中諸問題之糾纏與折磨的場所。一個人，除非他願意在情感與理智上受到激動，否則就不該來這兒。

現在，我的朋友們受到激動了，他們自辦了這册《問學集》來紀錄他們學思的狀況。我通讀了全部稿件，發現他們表達了許多對問題的困惑與關懷、質疑了許多看問題的方法，但很少答案。這是好事。生命需要折磨，答案總在不確定之中，唯祈追尋答案的願力不減、道心不退。是爲序。

七十九年九月淡江中研所研究生《問學集》第一集序

學術會議

目前我國每年要舉辦多少場學術會議呢？恐怕沒有人能正確提出答案。但感覺和經驗告訴我們，學術界對學術會議的興趣，顯然已經極爲濃厚。一位學者，每年參與七八場正式的、大型的研討會，乃是稀鬆平常的事；各項會議來要求宣讀論文的函電，也往往塡滿了學者們有限的時間。而經費，花在辦理學術會議上的經費更是驚人。去年世界孔學會議，花掉了一千八百萬臺幣；國際漢學會議則據稱上億。

各學術機構中，除了此類正式全國性及國際會議之外，另有各種小型研討。如清華大學中語系卽有語言、小說、戲曲、明代社會與文學、文學批評四個討論會，每月舉行。跨校際的學者也可以組織爲各類研討團體，如歷史已達十多年的鵝湖師友學術討論會卽是。凡此種種，均顯示現今學術活動與學術會議之間，關係至爲密切。

活動的型態，跟內容是分不開的。學術會議頻繁，顯示了我們現在研究學問的方式、甚至學問的內涵，可能都與以往不太相同。

過去的治學，就中國「國學」這個領域說，講究的是十年磨一劍，白首窮經，孜孜矻矻；什麼學術會議？對老一輩的學者來說可能從未夢見過。而新的學術會議則規定了「學術」的型態。例如它必須是發表專題論文，與會學者針對論文來發言。那些不是論文、不會發掘問題、提出解答意識的研究，如注釋、校訂、疏解，就根本上不了檯面。又例如會議採公開質疑問難的方式，作者之推論與思考能力便大受考驗，不再能倚資料取勝。而且，這樣的方式，還暗示了任何研究均不可能充極美善，均有值得討論辯駁之處。所以作者既要嚴守立場，又要能虛心納善，諦聽來自其他立場的聲音。除此之外，大會設定主題，論者就此申論，也顯示了學術活動必須建立在溝通與合作上。

早期那種單打獨鬪或自己悶著頭搞的辦法，因此顯得不合時宜了；自居權威或門戶宗派意識，受到挑戰了；許多學者研究，因根本不能進入到會議的脈絡裏來，而逐漸喪失了發言權……，都是學術會議普遍化後，必有的現象。隨著這種現象的出現，國內的學術權力結構也正在重組。

面對這些的狀況，我們一方面仍要呼籲大家重視學術會議，並參與討論，因爲這是潮流、是趨勢。凡不能預此流者概爲「不入流」，無法逃避。但在另一方面，我們也想提醒朋友們：學術會議只是學術活動中的一種型態，它不是壟斷性的唯一方式。在今天我們似乎也應尊重那些不宜付諸會議討論的研究，給予它們適當的位置，並發展別種類型的集體研討。

七十七年十月八日輔大中文系〈雕龍〉

抄襲無罪

國立藝專國樂科副教授林昱廷、陳裕剛、政戰學校音樂系主任董榕森的抄襲疑案，至今已進入學審會審理階段，但荒謬才正開始。

荒謬之一，是三教授之一的董主任在《自立晚報》投書指稱：「限於當時之客觀情勢，未能註明資料出處，深感無奈與遺憾。」這不啻已自招供確曾參考徵引大陸學者著作，但只是未能註明資料出處而已；至於這未註明資料出處，是誰的罪過呢？是臺海對峙的歷史情勢、是我們政府「鎖國」的政策。換言之，抄襲者無罪，只是引用資料罷了；而且這種引用，乃是政府讓我不能註明出處，我亦「深感無奈與遺憾」，政府如今焉能判我有罪？壯哉斯言！頗令我輩未及時趕在「客觀情勢所限」下大量不註明出處地徵採大陸著作者，備感遺憾，徒然坐失良機矣！做學問，原來是也有「法律假期」的！

其次，抄襲云云，據董主任說，只不過沒註明出處而已。此亦妙解，令人茅塞頓開。現在，倘若我提出「相對論」，說是我的發現與著作，報請教育部升等，說此不過未能註明乃愛因斯坦之發現耳。教育部袞袞諸公或董主任自己認爲說得過去嗎？且抄襲跟引用，是兩回事，初學寫研究報告及論文的大學生都曉得。董主任說他只是沒註明資料出處，是有意模糊兩者的界限，把抄襲淡化成「引用」。教育部前次長阮大年先生說林昱廷教授的著作「毛病在於沒有註明出處」，也是把抄襲淡化成引用。是他們連大學生都懂的普通分別都弄不明白，還是心裏明白而表面模糊呢？

荒謬之三，在於像教育部、監察院這樣的政府機構。先是不談抄不抄，光問「是誰檢舉」。彷彿一個偷兒，若非原失主逮著送官，旁人便不可檢舉，而偷兒是否曾犯偷盜亦可勿問一般。現在，好不容易要審理了，卻又發現，原來兩年前林教授的論文已經重審了，但因「毛病在於未註明資料出處」，且在阮大年先生管事以前，已經通過，故不予追究。這又好像偷兒雖遭檢舉，然矇混之成事實，皆在法官到任以前，故可不必處分。又如偷兒所偷之物，不過置放其家中，未註明物件出處而已，故不構成偷竊罪名。此等解釋，主管諸公，認爲能讓人心服嗎？

荒謬之四，是邱坤良先生指出，現行制度是要寫論文才能升等，但從事創作的人，多半不會寫論文，所以……。從事創作的人，當然不一定要能寫論文，反之亦然。可是，假若我不會作曲，卻冒用董主任所作的曲子去得了個某某作曲獎，董先生邱先生認爲可以原諒嗎？會不會也說：這是因給獎辦法「實在有檢討的必要」呢？……

總之，一切都在塗飾、都在遮掩，東拉西扯，想盡辦法替不道德在做合理化的解釋。抄襲者怪制度，怪客觀情勢，怪檢舉人不道德、別有居心……，卻從來不怪自己不長進。主管單位，和稀泥、做好人、扮鄉愿，總以我不必負責爲宗旨。學術文化界呢？這三位教授，乃當今國樂界大老，握審查、教育之大權，門生故舊遍天下，自然文化界便不免要替他們緩頰敷粉了。何況，學術文化界人人自危，因爲「這個事件對海峽兩岸資訊流通情勢改變以後的學術參證、引借問題，有可能成爲日後處理的格式，具有『判例』的效果。」（八月二十七日《中國時報》），倘若確定其爲抄襲而非引用，吊銷教授執照，則，嘿嘿，天下大亂。——咱們從前抄用大陸著作者，可不只這三位；博士、碩士、教授、副教授中，犯此情節者，不知凡幾，試問：他們希望怎麼判呢？

換句話說，本案經學審會審查的結果，很可能仍以「毛病在於沒有註明出處」，且在審理之前卽已通過審查升等，所以不必再予處分云云結案。皆大歡喜。替「學術尊嚴」，再一次做個有趣的註腳。這是我們可以拭目以待的！

七十七年八月三十日《中國時報》

魔術

無論是在垢膩喧囂的夜市，還是燈華璀璨的舞臺；也不管是街頭小型招徠式的獻藝，還是在螢光幕前的公開表演。魔術，那驚心動魄而又教人目眩神馳的技巧，永遠那麼迷人；它讓觀眾在一次次靈魂的冒險中沈醉。

但事實上，魔術師本身也常在玩命。魔術中，如從帽子裏變出一隻兔子或從手套裏飛出幾隻鴿子，賣弄的不過是一些障眼法及熟練的技術；可是諸如屠人截馬、吞刀吐火之類，便帶有不少的危險性了。因學藝不精或不愼穿幫而喪生者，不在少數。

據賓遜・霍普《妖術》一書統計，十六七世紀，歐洲被燒死的魔女，至少在九百萬以上。當時許多著作，如《魔術史》、《魔術探求》、《妖術師論》、《打魔女的鐵錘》、《惡魔附身與妖術》、《魔神崇拜》………等書，都詳述了有關魔術師的技術、信仰、生活狀況；但充滿了咒罵和批判。羅馬教廷和英法君主，更是藉此對魔術師展開無情的迫害捕殺。

然而這些視爲罪無可逭的妖法魔術，實質上祇是一些傳統地方民俗信仰、吸血鬼幻想、狼人變身奇譚和遊戲雜耍的大雜燴罷了。其性質猶如我國古代的「百戲」或「幻術」。我們看漢唐以來，各種吞刀吐火、植瓜種樹與屠人截馬的幻術記載，層出不窮，卻鮮聞曾有統治者或宗教家因此而興大獄、黜異端。足見我國一般知識階層，在面對這類問題時，還能保有一些理性的節制。

所謂理性的節制，是說凡一位理性或自命爲理性的人，應該徹底了解理性的限度，不以理性否定非理性；不自以爲是理性，就有權懲罰或批判不合乎自己理性的東西；更不因時代的偏見，而用理性矇蔽了理性，造成非理性的暴力。

看魔術表演，我有了這一點感想，您認爲我太理性了嗎？

收入《八百字小語》

懺悔意識

牟宗三常說大陸之淪陷是知識份子造成的。這個講法每每引起此地知識份子之不快，因爲他們認爲：大陸弄丟了，完全是國民黨腐敗所致。

但事實上，近代知識份子確實是個值得注意的族類，其問題也遠比「國民黨」複雜。特別是近代中國知識份子的原罪意識，更值得研究。

余英時曾指出，傳統的中國知識份子，固然有批判意識，卻也存在著「臣罪當誅，天王聖明」的罪孽意識。此誠不爲無見，然不能解釋近代史之問題。爲什麼近代中國知識份子會自惟罪孽深重，在帝制已被打倒之後，反而否定自己，追隨工農兵勞動人民及「革命導師」，努力作踐自己，服從改造？

殷惠敏在《錫雍的囚徒》中提出了一個解釋。他說中共政權的建立，代表以知識與理性改造世界的路線，不如以仇外意識結合的農民革命路線有效。這便瓦解了知識份子的自信憑藉，產生了自慚形穢之感。再加上共產專制制度，又瓦解了知識份子的經濟基礎，知識份子遂只能俯仰由人：自慚無狀，以致常惹賞飯吃的人不高興。

此說當然有道理。但這是中共政權建立後的結果，非其政權所以建立，且知識份子又受其荼毒之邏輯。我以爲，對此問題較深刻的觀察，是陳思和在《中國新文學整體觀》中提出的：「中國新文學發展中的懺悔意識」。

他認爲五四新文學運動在反傳統的意義上，吸收了西方文化。而西方現代文化中存在著兩種不同的懺悔觀：一是認識到人自身本性中的惡，而深自痛悔；一是針對社會上種種不義與罪惡，所形成的悔懺意識，導引我們去批判社會。前者係「人的懺悔」，後者是「懺悔的人」。五四時期雖也有人觸及了前一個領域，如魯迅和郁達夫，但主要是落在後一層面，反封建、反禮教、批判社會壓迫階級。

可是這其中又存在著一種矛盾，他們一方面不能避免現代意識中關於人自身之惡與局限的懺悔，一方面又要以人性絕對至善至美的人文理念，來批判封建傳統中對人性的壓抑。這時，他們便會痛切懺悔自己以及自己所隸屬的那個社會階級人物，而把人性的完美原則投射在另一個他們所不熟悉的人物身上，諸如工人、農民或其他勞動階級。

這個心態，隨著政局之動盪，又更使得知識份子因參與實際政治活動屢遭挫折，而加強了懺悔意識。在俄國蘇維埃文學及我國新文學創作中，知識份子常被表現爲羣眾革命的反對者或動搖者，卽爲此一心理之寫照。

如此發展的結果，就是人的自我認識退化。文學作品中出現兩種人，一種是沈溺於懺悔中的知識份子；一種是工農兵英雄形象，體現了上帝般至善至美的人性。十年浩劫，不全是政治上造成的，而正是這一種懺悔意識發展的代價。

根據他這個說法，我們應可重新審視新文學史、近代知識份子命運史。當然，此說用在今天的臺灣，也不無意義。臺灣現在固然不再有突出「工農兵英雄形象」的文學。然而，批判現實的知識份子中，難道還會少了懷抱那種知識份子罪赧之心，認同工農羣眾，以工農羣眾爲代表社會正義之革命力量的人嗎？他們恐怕得要檢討一下他們自己的懺悔意識了。

七十九、七、二十四《中華日報》

尊嚴與屈辱

吳宓，是早期留學生中之著名人士。其《雨僧詩文集》亦在臺翻印流通已久。然學者聲光，本不蘄於震曝，且社會對此學人既未嘗橫施壓抑，自無待於刻意揄揚。大陸則不然，今年陝西舉行的比較文學大會，即專以吳氏爲主題，大書旗號曰：「吳宓先生誕辰九五周年紀念大會及國際學術討論會」。除開會討論、紀念之外，還去掃墓。對這位學者來說，可謂備極哀榮了——榮耀，事實上是建立在悲哀上的。

原因無他。吳宓是老清華，五四新文化運動之後，他與梅光廸等人合辦《學衡》，反對過胡適等人的路向，跟魯迅也對罵過。這在大陸易幟以後，都是罪大惡極的過錯。故他雖在一九四九年以後，「每隨教職員學習，研讀新書，自求進步」。終不免被批評爲「封建主義與資本主義的混血兒」「貨眞價實的資產階級反動學術權威」，先是在七十五歲高齡，被遣往梁平下鄉勞動改造，然後再遭一連串批鬪，右腿骨折。後來罹患眼疾，雙目失明。駑弓之鳥，淒涼萬狀。有時吃飯還問：「現在請示不？」臨時死，一直在喊：「我是吳宓教授，我要喝水，我要吃飯！」所以說，他是餓死的。

在「永遠偉大、光榮、正確的中國共產黨」領導之下，此類悲劇，眞是何足道哉。現在，歷史似乎還他了一個公道，數十位學者，麕集於其故鄉，發潛德之幽光，重新給予崇高的評價。他居九泉之下，似乎也可以安慰了。

然而，在平反聲中，平反者所持之理由是啥呢？據吳宓在西南師範大學晚期的幾位學生說，他們這位好老師是「一生熱愛祖國、熱愛黨」「在黨的教育、關懷下、思想感情不斷變化進步」「黨對吳先生的生活無微不至的關懷和祖國的社會主義建設得到的偉大成就，都使先生高興佩服」。

時當九〇年代，中國新一代的知識份子居然還有此聲口，居然還以此稱揚他們尊敬的老師，實在有點匪夷所思。我是這次大會唯一的大陸以外地區與會代表，坐在會場中讀到這些謬論，差點淒然落淚。

是啊，「祖國的社會主義建設」取得了偉大的成就，文盲仍有幾億，森林砍掉了四分之一，耕地減少了幾十萬畝，人爲沙漠化每年幾萬平方公里，教育投資居全世界倒數第二位，鐵路建設僅及全世界百分之四。唯有「人整人」之成就非凡。如此建設，若說吳宓竟爲之衷心雀躍佩服，吳雨僧便與笨蛋無異。至於黨的無微不至之關懷，更是那種讓他餓死渴死的關懷。對之高與佩服，眞不知從何說起。

現在大陸學者的辦法，是一切歸咎四幫人。把吳宓所受的迫害，說成是文革十年的災難之一部分。其實，早在一九五六年，「他僅有的一點存書，還不敢保留」，全部捐獻掉了，以致晚年只能靠背誦舊時所憶遺日。更早在一九六一年，西南師範的黨委即曾一度節制對吳氏的批判。顯見吳宓之遭殃不自文革始。一切推給四人幫，是不負責任的。

遭逢亂世苛政，知識份子本來就處境艱難。知人論世，若得其情，則哀矜而勿喜。吳宓身處之世，使他有若干言論不能不迎合當道，是我們能理解的；但這種理解內含著無限哀矜。倘若竟反過來，拿著這些言論，來謳頌那使其含寃屈死的酷虐當局，眞不知是何肺腸！

平反，本來是對遭到屈辱者，重新還以尊嚴；現在，卻加深了他的屈辱。而這種屈辱，並非直接來自政治壓力，乃是知識份子墮落無良知使然。倘若這樣的情況已甚普遍，且社會上亦視此爲常態，則大陸恐怕沒什麼希望了。

七十九、八、二十五《中華日報》

中國的伊斯蘭教

當代世界史上，綿亙中亞西亞以迄非洲北部之阿拉伯文化區，一直是風雲變幻、引人注目的。從以色列建國起，猶太民族與伊斯蘭教之歷史衝突，便展開了新頁。巴勒斯坦民族解放的浪潮，也隨著伊斯蘭社會主義思想之擴張而逐步壯大。兩伊戰爭，則顯示了該地域內部之利益與思想均存在著嚴重的矛盾。現在，伊拉克揮軍兼併了科威特，約旦及其他諸國似乎並不以為此卽為大錯，沙烏地阿拉伯則與美國聯結一氣。波譎雲詭，全球矚目。

對於阿拉伯世界，除了石油，我們一般是不太關心的。雖然每天我們都在使用阿拉伯數字，但對其歷史文化，總有陌生之感。對其宗教，也視同洋教，不僅與視天主教基督教無異，甚且更為遠漠。不像我們看佛教，總覺得親切，是我們「自己的」信仰；說中國文化，便說是儒道釋三教。那不食豕肉的伊斯蘭教；只是與纏著頭巾的沙漠商族、蒙著面紗的女人、天方夜譚的神話混雜為一的異國情調而已。

爲什麼會形成這種心理呢？

中國號稱漢滿蒙回藏五族共和。回族乃匈奴後裔，屬突厥，後改稱回紇，又名回鶻。伊斯蘭教多由回紇人傳入，故通稱回教。但後來廣州、泉州等地也是重要的回教傳入基地，並不全憑回紇之力。從唐代開始，這一大教及回民的活動，便與中國密不可分，許多馬姓、劉姓等，皆爲此教裔民。《職方外紀》載：「中國之西北，出嘉峪關，過哈密、土魯番，及加斯加爾多高山，……自此以西，皆回回諸國也」。但事實上，不必遠出嘉峪關。整個北方，河南、河北、山東、山西、陝西、寧夏、甘肅等地，回民都是非常顯著的城市特徵。寧夏現已爲回族自治區，可暫且不論。其他各地回民往往聚居成一特區。回民食品、清眞餐館則星羅棋布，隨處可見可食。若出嘉峪關，那更不得了。你立刻會進入一個伊斯蘭教的世界，風俗信仰語言文化，無不染著濃烈的天方色彩。

換句話說，回教在中國，歷史如此之久、傳播如此之廣遠、信仰的人如此之多，它與我國文化關係應該是極爲深厚的。或者說，所謂中華文化，應該包涵著伊斯蘭教這一重要成分。可是實際上卻非如此，豈不足以深長思耶？

我在大陸上訪問了一些教民，據他們說，他們禮拜時仍用天方文字，經典亦不譯成漢文（事實上已譯出，但他們並不知道或並不採用），族中少年皆傳習阿拉伯文。即使成效不彰，然習慣如此。似乎他們對「嚴回漢之防」這件事，頗爲賣力。過去回漢甚至不准通婚，現在已漸放寬，不過漢化以及與中國文化的認同方面，好像仍有所堅持。這種態度，大概卽是造成我們對該教該文化隔膜的原因。

我在開封東大寺，更曾看見該寺特別設立了一所武術學校，回族少年男女皆須入校練武。這是回族在中國欠缺安全感，力求自衛的一種表現。這種表現，我以爲可憂。在甘肅北部及新疆一帶，我們能看到太多回教摧毀佛教文化文物的事例與遺迹，強調一個種族或信仰的自衛力量，也可能帶來消滅摧毀非我族類的意志。中東阿拉伯世界今天的某些行爲，或許也能印證這個道理。

有一千多年的中國伊斯蘭教史，到今天是否應有新的寫法呢？

七十九、八、二十九《新生報》

書香社會的異想

政府對文化事業，向來不吝惜於口頭上的重視，對於「建立書香社會」的偉大理想，也已宣傳有年。其成效如何，不得而知。但據說去年「金石堂」做了些統計，這家臺北地區最大賣場的連鎖書店，去年一年曾進書萬種，然一本都未售出，即原件退回出版社或作者的，竟達百分之一。也就是說有幾百種書，一年連一本也沒賣掉。若再加上一年只賣了兩本三本的書，那這個數目就更爲難看了。

書香社會中人，原來是不看書的。

文化界對此不禁又惄然憂之，又起而鼓吹讀書；報刊雜誌也努力尋訪學者專家，要他們爲青少年開些書目、指導後學讀點好書。

舊諺云：「開卷有益」。鼓吹大家讀書的先生們，大概都是相信這句話的。這話當然不錯，我也很信服。但此中應加一點曲折、應下一轉語：開卷確實可能對人有益，然開卷而有害者卻也未必少了。

細看歷史的發展，我們自會發現書卷日多，世界日亂。文明的進步，有時是以災難爲代價的。因此，早先可能開卷大多有益，後來逐漸就有了「善書」的稱謂。既然有些書被喚做善書，則其他大部份的書皆不甚善，或根本不善，亦可想而知。人們若日讀此不善之書，還有什麼好處嗎？

順著這個思路，可能有些讀者會猜測，我是準備把市面上存在著許多不良書刊的現象大加撻伐一番了。其實不然。固然，有些書可以被稱爲壞書，可是眞正的壞書恐怕甚少。從前，頗有些時代，認爲《西廂記》《紅樓夢》這一類書，都是壞書，讀了會壞人心術，引動少男少女的邪念；《水滸傳》這樣的強盜書，最好也扯去燒掉。在鴉片戰爭後不久，有一位先生甚至建議我們把這幾本書大量印刷送到英國去。因爲英國賣鴉片來戕害咱們中國人，咱們就送他們看這些壞書，好毒害他們的心靈。這眞是個妙計，然其效果恐怕值得懷疑。因爲事實上，讀《紅樓》《西廂》而悟道的高僧也不少。我見過張大千的哥哥張善孖先生畫的老虎，秋月危巖，一猛虎踞之，緩緩轉過頭來，顧盼自雄，神采奪人。題曰：「怎當他秋波那一轉」。這，這不是活用《西廂》了嗎？可見書無善惡，全看讀的是什麼人，又怎麼去讀罷了。

《水滸傳》也是如此。歷史上有許多盜賊，照著書上的榜樣，前去打家劫舍，認爲造反有理。金聖嘆卻能看出這本書的好處，推崇它爲六大才子書之一，說它的價值可以媲美《史記》等。他自己說這就叫「具眼」。

其實這不叫具眼，因爲每個人都長了眼睛，故問題不是在眼而在心。心術不佳者，猶如斜了眼的人，老覺得人家站得不正。不論讀什麼書，要不就吹毛求疵，只看到書上的漏洞與矛盾；要不就去吸收那些惡劣乖謬的部分。他們讀偵探小說、看警探破案的電影，絕對學不到推理的能力和正義得以申張的道德感，倒是把做案的技巧學了個够。

一般人看書，或許不至於乖劣至此，但通常也不甚虛心。如讀陶淵明〈五柳先生傳〉，看到「好讀書，不求甚解」，便大喜，以爲此句正可爲他自己的行爲做注腳，所以今後讀書就更不求解了。碰到旁人批評他，他還可以搬出陶淵明這句話來當擋箭牌，或自比爲陶潛，洋洋得意哩。

因此，讀書能改變氣質嗎？我想是辦不到的。除非你自己願意改變氣質、調整心態。《菜根譚》說得好：「心地乾淨，方可讀書學古。不然，見一善行，竊以濟私；聞一善言，假以覆短。是又藉寇兵而齎盜糧矣」（惡人讀書，適以濟惡條）。

七十九、九、十六《中華日報》

魯迅與中國古典文獻學

關於魯迅的研究，向有「魯海」之稱，各種問題，幾乎都已炒得爛熟。但若據此而云魯迅研究已沒啥題目可做，卻也不見得。例如魯迅與中國古典學問的關係，便是討論甚多而仍不夠多的領域。

據周作人的看法，「魯迅在學問藝術上的工作可以分爲兩部，甲爲蒐集輯錄校勘研究，乙爲創作」。現在，我們對他的乙部討論極多，甲部則欠研究，實未免偏枯失衡。

蓋魯迅的古典研究，除小說爲心得之作外，餘皆抄輯校勘之學。如此飛揚跋扈之人，而竟耐煩爲此瑣細不憚煩之事，實在是研究魯迅、了解其心理狀態的一條重要線索。利用這條線索，我們可以追問以下這類問題：

魯迅的古典研究，在其整體活動中，宜如何看待？這是魯迅還活著的時候便曾引起爭議的問題。如民國十五年陳源卽曾批評魯迅的小說史略抄襲了日本人鹽谷溫的書；次年，成仿吾更譏諷魯迅之抄輯小說史料，乃垂暮老人苟延殘喘之業，係有錢有閑的資產階級「以趣味爲中心的生活基網」，屬於一種「自己騙自己的自足」玩意兒。我們不能只把成仿吾李初黎等人罵一頓，說他們污衊了偉大的青年導師便罷。應合理地解釋：一位革命的魯迅，一位具創造精神、創作興趣的魯迅，如何與一位抄校碑刻、輯掇叢殘的魯迅統合起來。唯有能進行這樣的解釋，我們才能擺脫把魯迅漫畫人物典型化的亂流，理解到一位文學家心靈與性格的複雜面。

又如魯迅曾主張青年要少看或者不看中國書，又批評過胡適「整理國故」之說。可是他自己做的，正不折不扣是整理國故的工作，難道只許州官放火、不教百姓點燈嗎？這在他生前卽引起過施蟄存等人的質疑。後來魯迅自己及研究魯迅的人都曾有辯解，但我卻覺得有關魯迅與古文化、古書的關係，仍是大可討論的。

魯迅之古典研究，大抵以小說史、石刻、鄉土文獻爲三大宗。範圍則集中於漢魏南北朝。只有小說史研究較通貫，餘皆甚狹窄。這個現象，很有可談之處。因爲他是看不起清儒的，然其方法，校勘輯佚，卽是清朝人的方法；金石考訂，亦清末流風。魯迅運用這種方法，有時廣及於石刻圖象以及板畫箋紙方面。譽者謂其能超越清人，其實是不能比的。清朝人輯校古籍、研究石刻，也很少人像他這樣，僅局限於本鄉文物史料及其幾個朝代的。

爲什麼一位能代表新文學與新文化運動者，在治學之方法上仍恪守清儒矩範？又爲什麼魯迅對於與本鄉無關的史籍，就缺乏整理校輯的興趣呢？再進一步說，魯迅輯校鄉土文獻，多與周作人合作，《會稽郡故書雜集》逕以周作人名義刊行了，《古小說鈎沈》本來也準備用作人的名字，這是什麼緣故？周作人用「不求聞達」來解釋，固然不錯，但仍可以有進一步的說明。而且，這也值得把他們兩兄弟對鄉土文獻之整理的興趣，拿來對比一下。周作人對鄉土文獻的興趣是較魯迅廣泛，也不只局限於本鄉本籍的——當然，在此並無預存的褒貶之意，或暗示什麼意思。我只是覺得這是個值得開發的礦苗，解釋也可能有許多樣。當代魯迅的崇拜者、敵對者，都不妨來此重闢戰場。

七十九、八、四《中華日報》

游戲諧謔之文

阿英的《晚清小說史》，是論晚清文學的經典之作。他認為晚清文學之盛，其基本理由，是智識份子蒿目時艱，遂藉小說之類文體抨擊時政、提倡維新與革命；故魯迅所謂之「譴責小說」，占了總數百分之九十以上。

這一論斷及思考進路，已為多數論述近代文學者所採用，唯我獨持異議。我認為晚清文學，特別是小說，乃一通俗大眾文學。知識份子利用小說倡議改革，不能說沒有，卻非主體。我們看晚清文學，可能應該重新注意其中蘊含的游戲性質。以魯迅所說：「譴責小說，其作者，則南亭亭長與我佛山人名最著」的南亭亭長李伯元為例。李氏固然寫了號稱譴責小說的《文明小史》與《官場現形記》，但他到底是為了「感時憂國、糾彈時政」而作，抑或旨供談助呢？

李氏曾自號「游戲世界之主人」，於光緒二三年創辦《游戲報》，自云將「以詼諧之筆，寫游戲之文。遣詞必新，命題皆偶」。又於光緒二十七年創辦《世界繁華報》。此報連阿英都承認「完全是一種所謂消閒的小型報紙」。其中內容誠屬游戲三昧，如一專欄名〈北里志〉，專記都市妓戶的新聞，什麼「林黛玉前日往杭州，洪蕊初專員回上海」「李翠鳳被罵，林鳳珠教歌」之類，還有梨園志、俳優傳、射虎錄、食譜等，文苑則以嬉笑怒罵之文爲主。李伯元的《官場現形記》即刊載在這樣一份報紙上。

上文所說的林黛玉，乃當時有名的妓女。庚子事變後，北京天津一帶妓女多避難南下，李伯元即在上海重開「花榜」，寫了一篇〈擬訂津門劫餘花選啟〉，廣邀洋場才子，「評隲殘花」，選了林黛玉做榜首。這種文章及舉動，眞游戲世界中人所爲。其詩文如〈叩頭蟲傳〉、〈飯桶傳〉、〈戲擬花神討蜂蝶檄〉、〈戲祭功狗文〉、〈某宦祭烟槍文〉、〈花叢列傳〉、〈庸醫傳〉等，均屬詼諧游戲之文。對這樣的人、這樣的文學作品，從感時憂國、抨擊譴責的角度來觀察，合適嗎？

頃在北京琉璃廠，以人民幣二十元購得樊增祥所作，民國三年刊《滑稽詩文集》初續編，爲臺灣影刊《樊樊山集》所未收者。也可證明詼諧游戲詩文，是當時一種風氣。試看樊山所作此類詩題，如〈陳二名其妾曰輕輕，或戲之曰輕輕即卿卿也，書此以代箋注〉、〈石甫作剪髮詩，又作不剪髮詩。見者不解，吾以詩解之〉、〈寶生眷一妓，僞稱實丈夫而釵澤者，拒其嬲也。寶生遂以紀異詩屬和。久乃知其詐也，再賦一律調之〉；其文如〈馬桶具制藝〉、〈於是伶界男女兩狀元俱出門下矣制藝〉、〈愛看他人妾、貪吟自己詩制藝〉等，俱皆爲無聊文字諧謔。筆墨之戲，本無微言；消閒滑稽，取便諧俗而已。

我們應切實注意近代社會變遷中，這種文人遊戲活動以及其共生結構，如報紙、出版、文人團體、都市消費羣眾和特殊行業（如梨園、妓院之類），皆對此一風氣有推波助瀾之效。晚清小說中出現一大批「嫖界指南」、「社會黑幕」，實即爲此一趨勢中的產物。過去的文學批評，拘執於寫實主義的觀點，又動不動就拿帝國主義入侵、知識份子憂國救亡這一套特定的歷史解釋去看這個時代的文學，連帶地也把晚清以來文學發展的主線，做了不恰當的描繪，重新注意李伯元、樊增祥這一類人的文學活動，應該是目前我們該做的事之一。

七十九、九、二《中華日報》

技擊文化學

中國傳統武術，現在已經從武俠小說神奇魅異的情節中，逐漸「除魅」，被視同健身運動、體操或搏擊技術、醫學等，展開了整理與研究。大陸在這方面，做得尤其勤快。

但我以爲，中國傳統武術，與健身運動、體操，乃至其他各種搏擊技術，如跆拳道、拳擊、泰國拳、摔角、相撲等，並不是一樣的。這些搏擊技術，是眞正的「武術」，只爲了達到利用肢體力量攻擊敵人的目的而設計出來。講究的是如何利用我們四肢的功能，不斷練習。是以體力爲主、輔以技巧的技術。固然在進行搏鬪時，也能培養人的意志、判斷能力，帶出一種屬於精神修養的意義，但除了日本的柔道、武士道、空手道、合氣道之外，其他如拳擊、摔角，是連這個「道」的要求也不太講求的。

中國武術則不如此。中國武術門派甚雜，其中有許多是依流行地域、創拳宗師爲名的，如華拳、查拳、洪拳、蔡李佛拳、詠春拳之類。許多拳種也標明了它的技擊特色，如太祖長拳、岳家散手、教門彈腿等等。這種標明技擊特點的拳，其意義一如拳擊、摔角一樣，都指出了做爲一搏擊技術，它應有的性格。

然而，中國另有一大批拳種，不以此類方法命名，而將拳法稱爲螳螂拳、猴拳、鶴拳、蛇形刁手、龍形拳、虎形拳、雞拳、鴨拳……等等。搏擊貴在以力服人，取象物類，本無必要；縱使說是效法動物界之搏殺活動，亦應取象於龍虎獅象之類，學雞學鴨學猴學鶴，是何道理？

這是中國武術的特色，爲他邦技擊所罕見者。要懂得中國武術，這是第一個關鍵。因爲事實上不只是這些專以物類擬象所構成的拳，具有象形的特色，即使那些未標明爲象形拳者，其中套式招數，仍然部分是象形的。如洪拳中的工字伏虎拳、虎鶴雙形、或十形拳；功力拳中的霸王舉鼎、黃鶯舒翼，雙龍入海、二郎挑山、武松脫銬；六通短打中的金雞獨立、白鶴展翅；通臂拳中的鷂子串林、黃龍探爪、白猿獻桃、紫雁抄水、白蛇吐信……等，簡直不勝枚舉。這種強調拳套以及大量採用譬況象形的情況。在拳擊中不會有、在摔角中不會有，在泰國拳中也不會有，只有中國，以及受中國影響的日本拳術才有。

可是，就連日本，也只保留了對套式的重視（他們稱爲「型」，如空手道），並不太採用象形之法。以日本所流傳的少林拳來看，他們只說手刀切、拳背擊、順踼、逆踼，不像我們把兜胸一拳稱爲「黑虎偸心」，把背後一踹稱爲「虎尾腳」或「烏龍擺尾」。所以說，象形拳之多，以及以象形構成我國拳法的基本理則，是只有中國武術才有的特質。

此即顯示我國武術非一純粹搏擊技術，而具有強烈的觀念性。如果我們對於中國文字之「依類象形」仍有點概念的話，我們就了解象形在中國文化中的意義。中國的詩歌、書法藝術，均大量採用過擬象批評。唐人之詩格詩例，其中即有「猛虎跳澗」「毒龍擺尾」等名目。作詩論格例，與打拳講套數，意義是一樣的。其套數招式的名稱，則不約而同地採用了擬肖物象之法。

唯有順著這樣的思路，我們才能深入了解中國武術，且將武術做爲理解中國文化的一個據點，辨明它與其他純粹搏擊技術及體能運動之不同。

中國武術強烈的觀念性，以及它所涵之文化意涵，更顯示在中國特有的思想拳種中。所謂思想拳，是說這些拳不以其技擊特色立名，如拳擊、跆拳、相撲之類，而是用這套拳涵蘊的思想內容來稱呼的。如太極拳、形意拳、無極拳、八極拳、自然門拳法、兩儀劍、三才劍、四象拳、五行拳、六合刀、七星劍、八卦掌……等。此類拳法器械，既是根據一套思想觀念而構成；又企圖透過這些拳腳刀劍，來表達此一思想。饒具意味，引人深思。

以太極拳爲例。王宗岳〈要論〉云：「太極者，無極而生，動靜之機，陰陽之母也。動之則分，靜之則合，無過不及，隨曲就伸」云云，顯見哲理亦卽是拳理。而這層道理的體會及拳術的發明，正來自反對一般以體力爲主的自然搏擊之術，所以說：「斯技旁門甚多，雖勢有區別，概不外乎壯欺弱、慢讓快耳。有力打無力，手慢讓手快，是皆先天自然之能，非關學力而有爲也」。太極拳就是要反對此種依自然體能而建立的技擊術，採取一種反技擊的方式來發展其拳技，指出：「欲避此病，須知陰陽」，講究：「黏卽是走，走卽是黏，陰不離陽，陽不離陰，陰陽相齊」。這種拳，完全奠基於中國哲學，所有動作，均爲觀念的外化顯形而已。故武泉襄〈拳譜〉說：太極十三勢之中，「棚攦擠按，卽乾坤坎離四正方也。採挒肘靠，卽巽震兌艮四隅也。進退顧盼定，卽金木水火土也」。這樣的拳，以一般搏擊來看待，當然是不對的；將之視同健身體操，也不免買櫝還珠，未得其要領。

我的意思是說：

(1)、現今體育學界研究整理中國傳統武術的辦法，可能大堪商榷。國術教材的編寫已有體操化的趨勢。國術教學又走向兩個極端，一爲將傳統武術變成健身或表演體操；二爲追求搏擊場上的實戰技擊效果，一味模擬空手道、拳擊等技擊之型態。凡此，皆係中國傳統武術的扭曲，是完全不懂中國武術之特質的辦法。此類弊病，海峽兩岸皆然，而大陸尤爲嚴重。

(2)、武術，應視爲一種重要的文化表現方式，對其進行文化學的研究。目前此類研究，並未展開。蓋以一般文人學士、鴻儒碩學皆不嫻武術；而擅武藝者又多屬武夫、爲體育界人士，徒能演其技藝，不太明白其義理，更無力進行文化研究。但事實上，通過武術，頗可以觀察一民族的文化特徵，猶如我們研究一個民族的藝術、語文那樣。

(3)、反過來看，不單要通過武術，去探討一個民族的文化內涵，也應倒過來，將武術視爲哲學思想的一種體現。特別是中國的武術，乃佛道兩家哲學的另一種表達方式，與《易經》的關係亦極密切，研究佛道哲學及《易經》之學者，於此尚未取資，豈不遺憾？

七十九、八、十九《中華日報》

高中國文課本修訂芻議

甲、對現行高中國文課本的檢討

現行高中國文課本，係依照教育部七十二年修訂公布的《高級中學國文課程標準》編寫，沿用迄今。

對於這套教材，各界批評甚多。我詳閱該書，並召開過多次座談會，諮詢調查了高中任課教師及學生們的反應，綜合所得，發現現行課本的根本問題，在於教育目標模糊、編輯理念偏差。至於一般所詬病的選文不當、體例不善、文字不佳等等，則屬於編輯技術的問題。以下分別說明之。

（一）編輯理念偏差

現行課本六冊，每冊所選範文，不僅時代參差、文類不同，文章與文章之間，亦缺乏內在邏輯之聯繫。例如第一冊，其目次爲：

長干行……………………李　白

文章前後之秩序與搭配，毫無理致可尋。此種無理之選文方式，缺點是兩個方面的：一是從所選文章本身來說，完全不尊重國文這門知識，做爲一知識的客觀體系。根本不管文章的寫作年代，文學體裁、作品主題之系統性，隨意摘錄搭截，拼成了一個不知所云的東西。二是從學習者的學習效果上說，這種選文方式，也完全忽視了學習者的學習程序與認知心理發展。不僅課程不連貫且難易度相差甚大，也很難看出在這一册中主要是要訓練學生獲得何種知識。

一册之中是如此，册與册之間，問題就更大了。據《課程標準》的規定，第一、二學年國文課都是每周五節，三年級則增爲每周六節。但課本卻是第三、四、五册各選了十六課，第六册只有十四課，一、二册則爲十五課。以高三的第六册來說，白話文選了六課，比第三册、第四册、第五册也都要多。其文言文如〈與陳伯之書〉〈始得西山宴遊記〉〈大同與小康〉等，也未必會比第一册的〈左忠毅公軼事〉〈廉恥〉〈祭妹文〉〈桃花源記〉等艱深。換句話說，册與册之間，也缺乏教育原理或語文知識體系上的聯繫。

這顯示編輯者只懂得孤立地選文，每篇文章都是獨立地衡量其價值後入選的。姑且不論編輯者衡文的標準與眼光如何（這方面的檢討詳後文），似乎編輯者完全不了解：編一本書，尤其是教科書，並不是只雜掇拼輯一堆他自認爲不錯的文章就完事了。這必須有個整本書、整套書的編輯理念貫串其間。這種編輯理念，必須一方面照顧到語文知識的體系，使學習者讀了你這幾册書以後，對於中國語文、文學發展、文化內涵有一系統的整體的概括性了解，而非雞零狗碎地雜記了一堆互不相干的材料；另一方面，則也應照顧到學習者的學習程序與學習心理，不能讓他覺得難易不均、課程不連貫，而造成學習障礙。這是編一本書的基本原理，可惜現行課本的編輯先生們，於此尚欠理會也。

(二) 教育目標模糊

事實上，國文一科，若視爲一語文教育；那麼它的教育目標就應該是訓練學生的聽、讀、說、寫能力，嫻熟各種辭彙、語法，以掌握並表達意義。這樣，我們的教本就必須以語言體系爲綱，不管是單純地以情景功能爲綱來編，或以意向功能爲綱、翻譯法結構法和功能法相結合的綜合法爲綱，句型、詞彙、範文都是依此一體系而展開的。依這個語文的體系，再考慮受教育者的需要（一位初級中學畢業生該懂到什麼程度，高中生又該知道些什麼），我們才能編出一套合理的教材來。

倘若我們覺得光是語文教育，層次不夠高，而應該在高中國文教育中讓學生接受一些文學的陶冶，則一位中國的高中生，又應該具備何種有關中國文學的素養呢？這些有關中國文學的知識，是不是也得依中國文學的體系來講呢？在中國文學中，蔣經國、劉基、蔣夢麟、袁枚佔的是什麼地位？在中國文學作品中如果只選五十二篇，這些人與作品排得上嗎？

這些問題，現行教科書均未加考慮。它又要訓練學生的語文能力，又要「培養欣賞文學作品之興趣」，目標混淆，主學習與輔學習不分。只因襲用已久，大家竟不覺得它完全違背了教育的原理，說起來實在是很可哀的。但其事易察，其理易明，請看它的「選材原則與編輯要點」：

1. 思想純正，足以啟導人生意義，培養國民道德者。
2. 旨趣明確，足以喚起民族意識，配合國家政策者。
3. 內容切時，足以培養民主風度及科學精神者。
4. 情味濃厚，足以培養欣賞文學作品之興趣者。
5. 理論精闢，足以啟發思路者。
6. 情意眞摯，足以激勵志氣者。
7. 文字雅潔，足以陶鍊辭令者。
8. 篇幅適度，便以熟讀深思者。

9. 層次分明，合於理則者。

10. 文詞流暢，宜於朗誦者。

此一選材標準，可謂大而無當、荒謬絕倫。其中既有「情味濃厚」，又有「情意眞摯」；既有「文字雅潔」又有「文詞流暢」；一下「理論精闢」，一下又「合於理則」；一下「思想純正，足以啟導人生」；一下又「足以啟發思路」，實集空洞浮泛之大成。我們不必旁搜遠引，就以同樣是高中教材的英文課本編輯大綱來對照，便可發現兩者幾有雲泥之別。英文的教材大綱是這樣的：

1. 全部教材以分成六册編輯爲原則，以配合高中三年（六個學期）之用。每册以十四課爲準，配合一個學期之用。

2. 教材選文，以採用淺近明易之當代英美作品爲原則，選文的內容宜以生活實用與科學新知爲主，文學欣賞爲輔。選文的體裁除了散文以外，宜包括故事、短篇小說、對話、詩歌及戲劇等。選文的字數第一學年以每課不超過六百字爲原則，第二學年以不超過八百字爲原則，第三學年以不超過一千字爲原則。

3. 高中一年級教材與國中教材銜接，並按年級逐步加深，前後統一。

4. 全部教材之生字量約爲三千六百字。第一學年每一課生字以不超過三十字爲原則，總數約爲九百字。第二學年每一課生字以不超過四十字爲原則，總數約爲一千兩百字。第三學年每一課生字不超過五十字爲原則，總數約爲一千五百字。同形異義與詞類變化複雜之字以及意義與用法特別的成語熟詞，宜視爲生字處理。

5. 第一學年生字宜在常用字彙五千字之內，第二學年生字宜在字彙解釋（glossary）中以星號「*」標示。字彙之常用率可參照：

⑴ Michael P. West, *General Service List of English Words* (New York: Longmans, Green, 1944)

⑵ Edward L. Thorndike and Irving Lorge, *The Teacher's Word Book of 30,000 Words* (New York,. 1944)

6. 生字中的虛詞（function words），如代名詞、助動詞、連詞、介詞、冠詞等宜做爲主動運用字彙（active production vocabulary）學習。生字中的實詞（content words），如名詞、動詞、形容詞副詞，在各學年度常用字彙限制之內者宜做主動運用字彙練習；在常用字彙限制之外者宜做被動認識字彙（passive recognition vocabulary）學習。

7. 主動運用字彙除了於第一次出現時詳加解釋，並例句以外，宜設法在以後的課文或練習內反覆出現，以期學生能確實掌握這些字彙的意義與用法。

8. 字彙解釋（glossary）中除了生字的中英文注解以外，宜附與該字有關之詞類變化、相似詞相反詞等，藉以幫助學生增加認識字彙。生字與成語之英文注解，切忌用生字注解生字。

9. 字彙注音所採用之音標應與國中英語教材一致。其他有關發音（包括輕重音與語調）、拼字及字彙用法等亦應一貫與國中英語教材的內容配合。

10. 一般語法書所討論之句型或語法要點（特別是各學年教材大綱第四項所列舉的項目）宜設法編入前五冊教材之內，此種句型練習或語法要點宜與課文密切配合，不宜自成一個獨立的單元。

11. 第五冊之教材內，宜編入實用英文，如日記、信柬等的介紹及練習；第六冊之教材內宜著重了解修辭原則如 unity, coherence, clearness, emphasis 等及其運用。

12. 各課均宜盡量採用有助於了解課文內容之插圖，插圖的設計以清晰與生動活潑爲原則。

13. 每冊宜包括課文、生字、成語練習（口頭及書寫）有關課文內容之問答、課外作業等部分；生字與成語酌附例句說明其意義與用法。後三冊宜加強閱讀、造句及翻譯

（中翻英）的練習或作業。

14. 作業的方式力求有意義有變化，不應完全抄襲課文的句子爲習題。

15. 各課取材如能與高級中學其他學科相聯繫者，宜盡量使之配合。

國文課中，文法與修辭、國學概要、中國文化基本教材是獨立在教本之外，兩者之間並未「盡量使之配合」。其中國文課所選範文，既不與國中教材銜接，也未按年級逐步加深。每一學年所學字彙數量及難易程度如何，並無估算，亦未參考教育部所編《常用國字標準字體表》。每册所選課文應如何以教學目的之設計來編選更乏規定。而且，教科書不是《古今文選》，不應該只有選文附注釋、解題便罷，它還要規劃生字、成語、練習、問答、作業……這整個結構才算是構成了一個學習單位。以上這些地方，拿國文課本的選材標準跟英文課本的編選大綱比一比，便不禁令人汗顏。這當然不是說中英文教學大綱應該一樣。中英文教學性質當然有不同，但基本課程綱要的設計，在兩相對照之下，即顯然可見國文科的設計者根本不知教育爲何物。

正因爲教育目標模糊，或者根本不曉得國文一科的教育目標何在，所以就把一些絕對不該羼雜到國文教本中的東西選進來了。像從第一册到第四册，都收了蔣經國的文章。另外，在六册課本中孫文佔了三篇、蔣中正有兩篇，這些講「革命哲學」「心理建設」，用蔣經國的口稱贊蔣中正是「一位平凡的偉人」，用羅家倫的筆「對吳稚暉先生致最崇高的哀敬」……等的文章，據現行教科書的〈編輯大意〉說，可以「激發愛國精神，宏揚中華文化」。這眞是錯把國文課本當做愛國愛領袖的宣傳材料了，與〈選材原則〉上所謂「足以培養民主風度及科學精神」，適相矛盾。依我們的調查，這種錯誤也是教師與學生最爲反感的部份。

(三) 選文不當

在編輯理念偏差、教育目的模糊的情況下，選文當然問題重重。這些問題，主要表現在下列幾個方面：

一是選文過於偏重前述的「激發愛國精神」。除孫文、蔣中正、蔣經國之外，于右任、蔡元培、羅家倫、蔣夢麟等黨國名公，總數已佔了課文四分之一。其他如〈廉恥〉〈訓儉示康〉〈正氣歌〉〈貴公〉〈辨志〉〈諫太宗十思疏〉〈勸學〉……之類，教忠教孝、訓儉辨志的文章，數量又極多。彷彿公民訓育的這些文章，對十幾歲發育中青春期的少年來說，不僅備感枯燥，且容易激起他們的反叛意識，效果適得其反。

二是課文之間深淺與性質之調配不當，不利於學習。例如蘇軾的〈留侯論〉選在第四冊，〈教戰守策〉卻選在第二冊，其實後者遠比前者艱深，篇幅也較長。又如第五冊，前四課是〈心理建設自序〉〈革命哲學〉〈辨志〉〈深慮論〉，第五課是談慈湖謁靈的〈靈山秀水挹清芬〉，第六課則是〈正氣歌〉。到第七課才出現〈赤壁賦〉。整個氣氛太沈重、太嚴肅。好不容易挨到〈赤壁賦〉，後面卻又是〈板門店〉、〈諫太宗疏〉、〈原毀〉，讀來氣悶無比。

三是所選文章值得商榷。現行高中課本未選現代詩，只選了一些散文，但如郎靜山先生本不以文名，現在選了他〈眞善美的新境界〉；鍾梅音《海天遊蹤》雖爲名著，但現在選的〈西柏林，這孤島〉，則未必是著眼於其文章；同理，潘琦君是散文名家，而現在選的〈靈山秀水挹清芬〉恐怕還是看重它在描寫慈湖「謁靈」吧。漢克的〈板門店・雨中行〉文筆不佳，竟得入選，也是拜反共主題之賜。我們在做調查時發現，高中學生對課本中的白話文頗不欣賞，寧願多讀文言文。這種情形，當然與課本選文不佳有關。

（四）體例不善

現在課本每一課都含「題解」「作者」「本文」「注釋」四個部份。

這種體例，我們覺得它未善盡教育的功能，起碼應該再加上作業或問題設計。而現有的部份也應改善。例如「作者」欄，有時作者重複出現，作者欄的文字居然也一字不易地照搬，不但不能運用如章學誠所說的「互見法」，也忽視了作者與課文之間的關聯。作者韓愈當然還是韓愈，但在〈張中丞傳後序〉中，我們應該強調他什麼，在〈原毀〉中我們又該強調他麼？只是照錄生平，除了浪費篇幅之外，也放棄了引導讀者的責任，顯示了編輯工作的輕率。

不只如此，「作者」「題解」，多半是抄錄資料，沒有消化、整理，故作者的生卒年或書或不書，敍述中或稱名或稱字或稱號，作者之先世或敍或不敍，文字風格也完全看抄的是什麼文章而定，原文是「杜甫，字子美，祖籍京兆杜陵人，至其曾祖依蔭任鞏縣令，因家焉」，課本就也是「……因家焉」。諸如此類，簡直不勝枚舉。

（五）文字不佳

據〈編輯大意〉說：「本書編輯目標，在提高學生閱讀與寫作能力」。但我們發現編者的閱讀與寫作能力便值得加強。前述照抄史傳墓誌而無力消化，即是文筆欠佳的一個明證，底下讓我們再看幾個例子。

〈靈山秀水挹清芬〉的題解說此文：「由回憶　蔣公生前種種，不覺已進入永恆無我之境界，更進而緬懷　蔣公生前之德澤」，回憶　蔣公生前之種種，如何再「進而」緬懷生前之德澤？

〈板門店・雨中行〉的題解說：「聯軍共軍雙方代表，曾對坐談判，唇槍舌劍，爭議時起，頗受世人矚目」，既已唇槍舌劍，豈止爭議時起？這句根本是廢話！

〈大同與小康〉的題解說：「既仁且公，何施而不可。如人人均能秉此思想，並廓其仁愛至公之精神，由小康而大同，循序漸進，則大同世界必可實現」。何施而不可底下應是問號。廓，有大義，但也有廓清掃除之義，這裏的用法卻只能做後者解，造成與原意相反的結果。且既由小康而大同，爲什麼又說大同世界將來乃可實現？

諸如此類不通或不佳的文字散見全書，學生們日讀此種劣作，語文能力怎麼可能好呢？

綜合以上所述，我們有理由相信：現行的高中國文教科書不符合教育功能，不切合時代需要，不具備基本水準，理應廢棄重編。而重編也絕不是抽換改選幾篇文章便罷，更不是現任編輯委員的能力所能勝任。高中國文教科書及那荒誕不經的〈高級中學國文課程標準〉都必須洗心革面，徹底改換不可！

乙、新編高中國文課本的構想

（一）編輯理念

從我們對現行高中國文課本的檢討批判，已大致可以理解到一部合理的高中國文教材應該具有哪些條件。在我的構想中，小學、國中、高中的國語文教育，應視爲一整體。其教育目標，是訓練一國的國民如何嫻熟其母國之語言文字，並進而運用這套語文文字來觀察、理解世界。因此，在小學階段，學習著怎樣進入這個語文體系，掌握基本的字彙、標點、單詞、構句、篇章、修辭等語文知識。國中以後，則應藉著這個民族過去使用語文觀察理解世界的一些範例，引導學生自己去觀察、去理解世界。

這個構想，有幾點特色是現行高本所欠缺的。——

現在的課文，其選材標準與編輯原則，是「培養國民道德」「配合國家政策」。所選的文章，要求「足以陶鍊辭令」「宜於朗誦」。我們的看法，恰好相反。

語文能力的訓練，是國語文教育的基本功能，但是，這並不是要學生去學習一套現成的、已經凝固定型的語文成規，以朗誦、記憶、反覆刺激的方式，使其熟悉之。我們常以爲所謂的語文能力，就是這樣訓練出來的。其實，本國人學習本國語文，與外國人學習第二國語絕不一樣。我們看許多妙擅辭令的人，他所使用的辭彙並不特別多，句法也不見得格外複雜，卻能說得娓娓動聽，寫得精采動人。可見本國人士在小學階段，其基本語文知識與習慣均已養成，後來的語文表達之所以有高下，原因倒不在語文練習本身。

這話是什麼意思呢？錢鍾書曾引述克羅齊的話說：大作家之所以構辭精妙者，在於他的構思卽已不俗。的確，語文能力，並不是一套既有成規的練習與搬用，語文的所謂成規，本身就在發展與變遷之中，使用者更是個活動的人、活動的心靈。所以，所謂語文能力的培養，不是讓學生去誦讀記憶語文的成規，而是培養他們使用語文的能力。這種能力，根源於他們創造性的心靈。

其次，這一語文，既爲歷史文化傳承的媒介，通過對這一語文的了解、熟稔與運用，國民自然地也就進入了該民族的歷史文化脈絡之中。教科書所要做的就是讓學生優游、浸潤於這一「文字——文學——文化」的總體結構中，而不是用教科書來「激發愛國精神，宏揚中國文化」。

第三，倫理道德，跟語文一樣，不能視爲既成的社會習俗與價值規範，而應在道德問題的思辨中、在道德情境的抉擇裏，形成人之所以爲人，應有的價値判斷與精神自覺。國文課本是要教育學生如何通過語文去理解世界、觀察人生，道德問題當然不應規避。但基於上述理由，我們對現行教本中充斥著道德告誡的情形，深不以爲然。

第四，教育的目標是人，在我們把國文教育看成是「引導人透過民族的語文來觀察人生、理解世界」時，我們當然更不能忍受那種「配合國家政策」的編輯理念。國文教育既非以宣導國家政令爲職志，國家政策本身也是可質疑並改變的。何況，人才是教育的目的，國家算什麼？國家教育絕對不能企圖以人爲工具，來達成它的國家目標。

因此，我們的編輯理念是：培養創造性的心靈，使其能透過語言文字深入了解世界、觀察人生。面對宇宙、人生的認知與價值判斷，具有創造性的思考能力。

(二) 整體結構

根據這種精神，並注意青少年認識宇宙人生的心理程序，著重於語文使用能力與創造性心靈相互關聯的培養。我準備把六冊課文做一整體規劃，分成六個學習單元，依序爲：

人與自然

人與人、人與物

人與歷史

人與藝術

人與社會

人與人生

整個架構，是以「人對世界的覺知」爲脈絡，先覺察到自己身處的自然環境，日月山川、江湖河海、城村市井，無不觸動著人的感性生命與理性覺察。其次，則是與人共同生活的動植物，包括人與人之間的聯繫與對待。逐漸引導人從自然生命，發展爲人文的生命。所以，接著就談人與歷史文化的關聯。人參與了歷史，人生遂從平面的、自然的狀態，開始有了縱貫的歷史深度，歷史中的興衰變遷、人物典型，在在呼喚著人存在的感受。而這存在感也必然會再引發人對他自己存在的具體觀察。具體的時空環境、身處的社會狀況，都值得關切。但人不能只落在具體的生存情境中，還需要有一藝術化的人生修養，所以接著便談藝術與人生。文學、音樂、繪畫、雕塑、篆刻、戲劇……等等，都是人類文明最精微細緻的成就，值得人類珍惜並予理解。而一切藝術無論其形式爲何，也都是對人生的一種解釋，人到底該如何面對人生？古往今來，有多少對人生的說明、擬喻、思索？通過這些，人乃逐步理解了世界以及他自己，逐漸發展了他自己的世界觀與人生觀。

這裏我們也準備選些範文。但所謂範文，仍是示例，告知讀者：前人在此曾做過什麼樣的探索。而且，所有的選文都是安放在這個架構中，而非獨立的。例如「人與自然」的單元，第一篇應該是「始得西山宴遊記」，描述人如何與自然不期而遇，如何驚艷，如何與自然融合。這篇做爲導論，然後可收選屬於山的杜甫〈望嶽〉詩、屬於江的酈道元〈水經江水注〉、屬於城市的《東京夢華錄》、屬於樓的〈岳陽樓記〉、屬於亭的〈醉翁亭記〉……，最後結之以〈桃花源記〉表達人對自然世界的回歸與嚮往。

這樣的架構，從比較具體的山川樓臺，逐漸發展到比較需要抽象思維的人生問題，應該較符合學習心理。而每篇文章放在一個整個架構中去理解，學習上也較爲容易。教師很容易找到相關的同類文章，提供學生參考學習；輔助教學及作業也比較好設計。

(三) 各篇體例

每册前面，有一〈編輯大意〉，說明該册主要理念與學習目標、注意事項、編選原則等。

每篇選文示例之前，有一〈引讀〉說明閱讀該文之態度及思考方向。第二部份爲主文，第三部份爲注釋。注釋儘量不徵引文獻出處，只簡明解釋字詞及句義、說明典故之使用與含義等。第四部份爲「主旨」，說明作者撰寫該文之主要用意所在，兼有「作者」與「題解」之功能，而更切合文章主題。第五部份爲「本文關鍵字詞」，提醒學習者注意。第六部份爲「問題」，設計一些作業，引發思考。

在每冊最後，有一「作者傳略」做爲附錄。

〔附記〕本文係應一出版社委託所做的研究與規劃，其後新編課本的計畫因故中止，此文亦束諸高閣。七十九年七月，教育部發行《人文及社會學科教學通訊》，邀我發表之。然發表前經高明老師審查，卻令他老人家大不悅。謂此文意見雖可採納做爲編修訂本時之參考，然「議論偏激，措辭狂妄」。要我刪去所有謾罵之語。我重讀一過，未發現有謾罵處，故不知如何刪法。但老師的話是不會錯的。特此敬告讀此文者，勿爲作者偏激謾罵之言所惑。

尊重語文

一九八五年十二月十六日，中共將「中國文字改革委員會」改爲「國家語言文字工作委員會」，顯示其雷厲風行了好一陣子的文字改革運動已放緩了腳步。次年，宣布停止使用第二次漢字簡化方案；對於將漢字拼音化的理想，也縮減爲僅限於用來注音，而暫時不想用拼音替代漢字。故時至今日，人類歷史上最雄偉而荒唐的壯舉，可能已成爲過去式了。

去過大陸的人，緬懷故國、情傷往事，對其滿街簡化字及拉丁字母拼音，頗不習慣，輒覺如在異邦。就像我們去日本，街市上也多是漢字，但因與中文在字形及語法上頗有差異，故感覺上如仍在國內，卻又確知身在異域那樣。有人開玩笑說，看大陸的簡化字，就如去探親的感受：「親不見」，親寫成亲，果然雙親已故；「愛無心」，愛字簡去了心，果然人心思利，輒多算計；「產不生」，產字沒了生，社會上生產甚爲落後貧乏；「廠空空」，廠寫成广，設備甚窳陋也；「開關無門」，開關等字均省掉了門字旁，形容大陸上的厠所，也頗爲傳神。

此固笑話，實則心酸。漢字簡化得合不合理，是一回事，但簡化字與一個簡陋的社會，合起來便予人一種荒樸粗鄙之感。這就像他們滿街滿口「搞」「幹」的語言一樣，誠能表現其爲工農兵無產階級專政的政權與社會。無奈其粗鄙不文何！

而這還不能不說是幸運的。幸而漢字歷史悠久，根深葉茂，故一時尚未被整死，只不過弄得憔悴枯槁而已。其他一些文字就沒這麼好運道了。例如新疆維吾兒族與哈撒克族，本來都有幾千年的優秀文明，也都有文字以及典籍。透過維吾兒（回鶻）中介傳遞，如回教、摩尼教等，影響中原文化亦極大。他們的文字，原係阿拉伯文改造而成，傳習久遠，在與漢文化相摩相盪的過程中，迄未消失。但在中共推動文字改革及拼音化的政策中，卻遭了毒手。特別是在文化大革命時期，竟將原有的維吾爾文及哈撒克文廢掉，改行拉丁拼音文字。號稱新維文新哈文。於是原先懂得老維文老哈文者，忽然都成了文盲。一切重頭學起。文革以後，撥亂反正，又廢掉新維文新哈文，重行老維文老哈文。一些年輕人又看不懂了，又得從新學起。如此一再反覆，創傷至今未癒，情形跟今天外蒙古是一樣的。

歷史上，不是沒有對文字使用狀況進行規範化的工程。例如南北朝分裂時期，北朝胡風大盛，文字使用較爲混亂，「以百念爲憂，言反爲變，不用爲罷，追來爲歸，更生爲蘇，先人爲老；如此非一，遍滿經傳」（《顏氏家訓・雜藝篇》），所以出現了專門收輯通俗文字予以審定的俗字學與字樣學，規範正確的寫法、確定楷書的筆劃。我國教育部前些時候發布的國民常用字、次常用字、罕用字表，卽屬這類工作。這是對文字使用上發生混亂現象的規範與整理，其中問題已經不少了；若竟執一意識形態偏見，強行「改革」整個文字書寫體系，那當然就更荒謬了。

這篇文章，不是要清算文字改革運動的老帳，而是希望我們從這件事裏學習到對語言文字的尊重，了解語文對民族形象與感情的關係，不要用一時政治上的利益及立場，凌駕其上，肆意扭曲變造。

七十九、九、五《新生報》

新商業時代

在一股被稱爲「東亞銳鋒」的經濟態勢中，香港、新加坡、臺灣華人社會，似乎都呈現了幾千年來所未有的特異景觀。這一景觀，使得世界上眾多學人開始努力探索所謂「儒家倫理與商業資本」的關聯。辦過幾次討論會，也出過諸如余英時《中國近世宗教倫理與商人精神》一類的著作。更使得仍處在中原文化地區的最大華人社會——大陸，延頸西顧，願以臺灣、新加坡爲楷模，讓黃河全力流向蔚藍色的海洋，努力資本主義化，一切「向錢看」。

是的，不僅大陸有「全民皆商」的現實情況，*Esquire* 中文版第一期第一篇文章便揭櫫了「全民皆商的大趨勢」！似乎人人炒金、炒股票、炒外幣、玩六合彩、炒房地產、搞個人理財、進行公共投資……，已經成了世界華人唯一的共同語言：富裕和追求富裕，則爲這個時代，華人的主要生活目標。

這當然是近代中國人或華人的夢，逐步實現了。近百年來，華人屈辱地生存在英美日俄帝國主義壓榨下，潛意識與意識中無不在想著富國強兵，好出一口鳥氣。中共搞核武，世界華人莫不振奮，拚命回歸、認同，就是這個道理。然而，中共只要核子不要褲子，弄核武弄得民不聊生，又離富國之理想甚遠，大家仍不滿意。現在的經濟改革，正是要朝富國之途邁進，而且是與臺灣香港一同邁進。它要收回香港，願意降低臺海對峙形勢，亦可從這個角度來理解。大陸如此，臺灣就更不用說了，強兵還談不上，富國卻是舉世矚目的。

換句話說，全民皆商的形勢，關係著整個華人地區社會的發展與相互關聯，也對華人在世界體系中的地位有關，影響至為巨大。我們理應全力支持此一發展。

但這一發展之中亦含有若干隱憂。例如商以利合的本質，必然會促使道德、倫理、正義……等價值系統加速崩解，這會造成什麼樣的社會問題或政治問題呢？取決於市場供需關係的經濟法則，亦必然會令文化價值的評估標準逐漸量化，這又會形成什麼樣的文化問題呢？管仲固然曾經說過：「倉廩實而後知禮義，衣食足而後知榮辱」，但鉅富大賈，毫無文化氣質者亦比比皆是。民富國裕之後，並不必然即知禮義識榮辱；也可能食髓知味後，更不擇手段地去追逐財富。因此倉廩實衣食足之後，似乎更必要的是進行文化教育，孔子云：「庶矣，富之、教之」，旨哉斯言！

不僅如此。民的地位有高下、才智能力有差異，全民皆商的結果，可能加大貧富差距，使貧者愈貧、富者愈富。這該怎麼避免？

這些問題，國家應有國家的對策，國民也得有國民的體認和辦法。除了呼籲政府在法令政策方面多予注意、在經費預算及人事上多予支援之外，我們應該要認清現在最大的問題，不只是追求如何富裕，而更是要怎麼辦才能更加富裕、繼續富裕。古人常詬稱：「富不過三代」，何以故？無德澤以傳世故也。就一個國家或社會來說，也是如此。只有加強文化教育才能平衡追逐財富的弊病，並獲得更大更穩實的財富。像大陸現在連北大都招不到研究生，年輕人寧願去賣茶葉蛋也不願讀書的情況，任是白癡也曉得不是個好現象。何況，過去的商業，主要靠國家政策與產業規劃，現在則高度仰賴知識：過去致富，靠占有生產工具及累積資本，現在則憑頭腦來創造財富。新商業時代，也需要新的致富策略，不讀書，是辦不到的。

總之，倘若國民素質低落，個人缺乏文化識見與相關知識，商業行爲便會墮落爲買食謀生的伎倆、滿足私慾的手段，形成彼此剝削、相互傾軋的社會。加強文化教育，可能是輔成並提升商業成果的必要途徑。那也是每個人的財富，奪不走的。

七十八、一、金石堂《出版情報月刊》

現代化之謎

後現代，在今天文化界中已經喊得震天價響了。可是，畢竟大家連啥是現代、現代化都還搞不清楚，扯什麼後現代，終不免河漢其談。

據說中國近百年的歷史，主要就是一部努力現代化的歷程。據說臺灣已經現代化了，大陸則正在「四個現代化」。大陸的現代化能否成功，論者甚多，但沒有人能逆料。臺灣的現代化，本來是被稱爲「奇蹟」或「臺灣經驗」，爲政府主要政績，足以傲人者。現在卻被某些反對人士目爲謊話神話。戳穿這種神話的方法，層出不窮。有些人要爭奪榮耀，認爲所謂經濟奇蹟，其實是臺灣人民勞動的果實，非政府之政績。有些人認爲臺灣的現代化，犧牲了臺灣美好的自然生態，是用高污染換來的，故主張拒斥所謂現代化、工業化、都市化。有些人則用均貧時期的貧富差距不大現象，來批判現在因經濟發達後形成的貧富懸隔，認爲臺灣的經驗，只是政府與資本家共同剝削人民的結果。又有些先生小姐，把帳算到美國頭上，一曰臺灣之經濟發展，皆拜美援與越戰之賜。一曰：不然，非美援資助卵翼了臺灣之現代化，而是美國及日本在利用與剝削臺灣。臺灣的經濟，乃依賴美日之發展。故我們不是富了：本來只是個窮人，現在成了有錢人的奴隸；看起來勝似窮人，實則比窮人還要悲慘。

這些說辭，彼此間尚未達成協議，看樣子還有得吵。其所以如此，大家都曉得，這與臺灣近幾年的政治狀況有直接關係。立場與意義型態，混雜在有關現代化問題的討論中，故不免治絲益棼也。

無獨有偶地，日本的現代化，近年來也遭人質疑了。依過去的見解，日本與中國同時維新，向西方學習；結果日本成功而中國失敗了。日本為何能成功呢？過去我們在這方面花了很大的氣力去尋找答案，並認為日本的例子證明了東方民族也是可以現代化的。

但近來有另一種論調，指出日本之所謂現代化，並非憑其本身力量達成的。也就是說，不是什麼國民性、文化因素、社會條件、企業家族倫理或日本思想家善於調融世界性與本土性……諸原因。而是靠著對外擴張來增加資本，以侵略掠奪來達成現代化。

許介麟在《中國人觀點的近代日本論》，提出了這個觀點，臺灣與大陸都翻譯再版了這本書。中國人對日本之現代化能有自己的觀點，當然是好事。不過，在這個觀點中，似乎把資本主義等同於現代化。而且，這也不是中國人的觀點，乃是第三世界國家，拉丁美洲學者所發展起來的「世界體系」理論；遠一點，更可以追溯到列寧對「帝國主義」的觀點。故其評日本，與某些人評臺灣的現代化，理路並無不同。

然則，現代化的問題終究仍是個謎。

只不過，舊日反對現代化、批判現代化者，多屬保守主義者，所持之武器，爲傳統文化。現代化的批判現代化隊伍，則多屬於激進份子，所持之武器，亦已引用「國際牌」，如綠黨、環保觀念、工人聯盟、社會主義、世界體系理論、第三世界……等等。

這是個有趣的現象，值得我們仔細觀察。

七十九、七、十《中華日報》

人口問題的問題

臺灣社會的老人問題，業已日趨嚴重。這不僅指老人安養及福利之問題，較從前更為迫切；更指臺灣人口結構之普遍老化。

一般都認為現代社會與傳統型態社會最大的不同，在於舊社會以家族為基本組成結構，家族中年長且輩份高的族長、家長、長老們便當然成為社會指標人物，具有領導地位，示後生以典型。因此那是個年輕人向老人學習的社會。隨著社會變遷，家族不再是社會之基本骨架了。成就取向替代了身份取向，在社會上有成就的中年人，成為新的領導階層。年輕人向他們學習，年老者依附他們，靠他們安養。這時中年人不向老人尋典範，而只從同輩成功者身上找經驗，社會就由「前塑型」轉為「同塑型」。但社會不斷發展，節奏迅速，新科技、新知識不斷湧現，年輕人活力充沛、處事明快，接受的又是新知識，對中年人的壓力就越來越大，也越來越快。年輕人逐漸成了新社會的主導，中年人甚或老年人都要學著穿青年裝，喔，不，穿T恤、著球鞋、看本來只有年輕人才愛看的電視歌舞節目。這時，後塑型社會已然形成。

但弔詭的事發生了。臺灣正洋溢在青春歡樂的後塑型社會已降臨之喜訊中，忽然發現我們其實乃處在老人化的社會裏。人口結構整個老化了，逼得政府不得不將宣傳了幾十年的節育口號，也予以調整，從去年開始，不再教人節育了。

這是個殘酷的事實。一羣老人，在過著繼續青少年化生活，將是什麼景象？宣傳了幾十年的節育政策，幡然改途，對人意識的衝擊又是什麼？

回顧過去二三十年，節育，被當成社會文化教育工作來做。節育，代表現代、代表文明；多子多孫，意謂傳統與落伍。從「三個不算少」「兩個恰恰好」到「一個就够了」，節育其實已經成了這一代四十歲上下人的倫理，幾乎無可置疑的社會責任信念和行動規則。現在，我們發現，原來個人的價值、行動的抉擇，乃至在這件事上所自以爲含有的文化教養意義，其實都只是社會工程的一部分。了解這一點，或許當無大礙，但如何去調整已形塑成功的觀念呢？如何從「什麼時代了，還在講多子多孫這種落伍的思想」，轉變成承認我們現在可能還得多生，實在不是易事。

這裏或許可以提供我們一些教訓。凡是社會政策，多爲解決現實問題而設，現實狀況會改變，社會政策當然也會改變。但推行這些政策的人，往往將政策價值化，不肯老老實實承認那只是一時權宜之計。價值化以後的政策，即成爲社會集體的行動準則、倫理規範，成爲社會的信仰。一旦形移勢異，政策必須隨之調整時，小焉者造成社會信仰及意識危機，使人不能調適，達到「民無所措手足」的效果；大焉者，價值化的舊信仰，會成爲拒斥新政策的巨大力量，不肯正視現實發生的新問題。節育，只是一個小例子，海峽兩岸許多政治問題及社會制度，均可做如是觀。

至於人口老化之社會，偏偏以青少年文化爲主導，當然也不會是好事。前一個問題是歷史的教訓，這個問題則是當前迫切的文化課業。

七十九、九、九《中華日報》

性問題・性策略

報載，新店兩名情竇初開的國中二年級女學生，於八月二十日上午，將一名國小五年級的陳姓男童騙至北市環河南路一處工寮內，初試雲雨。被警方查獲。結果男童很委曲地說：「兩個姐妹一定要，我也沒辦法！」

兩個月前，敦化國小一應屆畢業女生，在外出購物時，被一男子帶至工地樓內強暴。據目擊的哨兵回憶道：「我當時看他們狀極親密，像是一對男女朋友……」。

更早，霧峰國中雙屍女生命案，發生前，二女：「相偕赴約，進入學校教室與凶嫌進行談判……」。

諸如此類社會新聞，顯示了什麼呢？性冒險與性犯罪的年齡層，顯然在降低。除了傳統的男子誘拐與強暴女性之外，少女在性關係中，也正以「談判」和「主動出擊」的方式，扭轉了性角色。

假若我們不忽視這些現象，那麼，我們便可隨之注意到AIDS正在蔓延之類嚴重的社會問題。是的，今天AIDS已經成為了世紀性恐怖，病例不斷增多，患者有同性戀者、雙性戀者、娼妓、尋芳客，以及無辜的輸血感染者等等。患者的醫療、就業及課業問題，居住與社會安全問題，都已經是既存的困難，許多爭論也沒有辦法解決。而國內同性戀團體，卻必需在這些爭論之中，逐漸走到陽光底下，替同病相憐者爭取權益、撫慰創傷。國人如何看待這些性異常的性角色錯倒者？在傳統觀念的抑制下，同性戀團體會不會為了爭取自身權益及自我認同，而強化其組織，甚至謀求立法保護？明年選舉時，可不可能推出或支持候選人呢？

如此一來，性問題勢必介入政治層面。而事實上，性問題亦早已介入政治面了。「反共義士」吳榮根的桃色糾紛，涉及金錢、墮胎，是否曾經結婚等等，現在更扯出了錄音帶之「觸及敏感政治問題」云云。發展似乎越來越精采。稍早，則行政院長俞國華的緋聞案，亦高潮迭起，喧騰一時，旁及賄賂疑雲與倒俞風潮等。

換句話說，關於性的問題，傳統的詮釋架構，恐怕已經不够用了。過去，我們只在學校和家庭曉得加強性教育，在社會提倡保護雛妓、聲討強暴者的人道關懷，在法律及治安上要求色情退出住宅區、娼妓列管勿使氾濫等。能辦到這些或能談談這些，便足以自豪為開明人士。然而，在面對現今性角色錯倒、性冒險及性犯罪年齡降低、性問題政治化等狀況時，以上諸詮釋方案，顯然已經無能爲力了。目前我們的許多爭論和困惑，卽由此產生。

而這些問題在國外亦曾發生。如義大利脫衣舞孃小白菜，經由選舉而脫入國會議場，以乳頭宣揚其政見。美國哈特因緋聞案而黯然退出總統選戰；現在的共和黨副總統候選人奎爾，也正在與緋聞事件糾纏搏鬪之中。至於同性戀團體之示威，爭取立法及權益，更是由來已久，同樣的情況，未必不會在國內重演。批評或感嘆世風日下，恐怕無濟於事。呼籲加強性教育等等，也與這些新的性問題沒大相干。性不只是男女之間的私事，它已堂而皇之地參與了政治等公眾事務。性犯罪的年齡層降低，顯示它的參與面擴大。性，可能不再只是成人的遊戲了。性角色的錯置或顚倒，則代表性關係及角色的複雜化，以及性權力的重新調整。最近此地有好幾家報紙特別報導了美國女士們欣賞脫衣男的盛況，也間接地反映了我們社會上正逐漸增多的午夜牛郎這一行業。而換妻俱樂部之類以雜交爲宗旨的團體，似乎也不在少數。

對這些現象，我們不宜仍用「男人剝削、壓迫女人」來解釋，而必須正視資本主義社會將性關係或性角色商品化的特質。商人以性同時剝削男人與女人，以使他賺取利潤。牛肉場的充斥卽是如此。這時候，性可以成爲摧毀一切的鉅大力量。例如在喪祭出殯時，大跳脫衣舞；在結婚喜筵上，表演穿幫透明秀。孝祭的精神和儀式、婚慶的意義，遂全被扭曲放棄了，人與人的關係，只靠性來締合，成了一種普遍的性關係。又如在牛肉場的肉感海報上，寫著「慶祝九三軍人節」之類字樣，軍人便成爲：「專門發洩性慾的一種人」。諸如此類。性可抹平一切既存的社會秩序與價值，徹底瓦解各種人文意義，使一切冠冕堂皇的「反共義士」、「國會」、「行政院長」、「捍衛國土」等，都變得荒謬可笑。因此，若搞政治的人，能掌握這種鉅大力量，把性的政治意涵突顯出來，往往會造成驚人的效果。

此一力量和效果，有人樂觀地認爲那是超越現實、反抗理性暴政、抗議統治邏輯的力量，是一種「破壞性的釋放」。能夠使人類的文明，在感性文化中達成人與自然的和解。例如青年馬克斯學者馬庫色（Herbet Marcuse）就主張以愛欲的解放，來達成人的解放，批判資本主義社會對人性的壓抑和摧殘。因爲他發現在這個社會裏，表面上儘管性氾濫，但由於性關係越來越緊密地依附於社會關係，性自由被用來爲統治利益服務，性活動越來越成爲手段而非目的，所以我們應更強調性的社會革命功能。這當然是結合馬克斯與佛洛依德的觀點，事實上未必如他所想的那麼樂觀。性的腐蝕力，以及政治人士以性爲手段的現象，在今天似乎更爲加強了。爲什麼在性活動遠較過去開放、少壓抑的今天，性問題及馬庫色所說的性剝削反而越來越嚴重呢？

如果討論公共政策及國家前途的人，還不能面對這些問題，還不能察覺無所不在的性關係正以一種扭曲、錯倒的方式如瘟疫一般蔓延，還無法理解性之革命與反革命力量，而仍然把性放在「社會版」去做茶餘飯後的談笑之資。那麼結局顯然相當危險，可能一個政權就要被性「革命」革掉了；可能一個社會，也要在國家未來主人翁整天沉迷於意淫、誘姦和成人錄影帶中沉淪了。至於性角色之倒置，更可能造成基本男女角色認知的重組。這種重組，固然可以看成是解嚴以後的解構現象，但解構恐怕不是目的，重組以後的情況亦宜早爲之謀。新的性問題，須要新的性策略！

七十七、八、三十一《中國晨報》

宜革新稅法

執政黨於六日晚間邀集立委及行政院官員再交換意見，立委們建議採行分離課稅或延緩徵收證所稅辦法，財政部長郭婉容卻以爲政府不宜再讓步。爭執一番，並無結果。而同時，在立法院及中央黨部前，則有大批股友結集抗議；某立法委員則推波助瀾，教股友們寫血書抗議，或改入民進黨。……

這樣的糾紛，現在已成爲今年國慶日最轟動的表演，遠比閱兵更吸引人。各種聲音雜然並陳，政府在做政策抉擇時亦倍感艱難。

有趣的是，今年《聯合文學》主辦的小說新人獎首獎作品〈紅旗路二十一號〉，描述大陸文化革命時期之荒謬景況時，這位大陸作者用了兩句話來概括淪陷前後的歷史，他說：「國民黨的稅，共產黨的會」。的確！共黨社會喜歡開檢討會批判會，而國民黨政府則以稅目繁多，被許多人開玩笑說是：「中華民國萬萬『稅』」。這一次似乎也是因爲徵稅而引起了風波。

然而，在一個現代化國家中的觀念中，國人可能要對賦稅有些新的看法。例如因徵稅引起投資人和政府的爭抗，彼此折衝，尋求妥協，便被輿論廣爲批評是議會金權政治或破壞政府威信。至於股市投資人和薪資階級迥然互異的觀點態度，在媒體上公開對峙，也使許多人憂慮會擴大社會裂痕。但事實上，稅不是一樁靜態的活動或事件，它本身就可以做爲政治協商和談判的籌碼。

徵稅的本質上當然是爲了經濟考慮，以便國用。然而，歷史上加賦、減賦，卻向來被視爲主政者的政治手段，而非經濟政策。最明顯的例子，就是清康熙皇帝的「永不加賦」措施。在野勢力，也常利用稅的問題，來擴大政治資本，像明末流寇叫出來的口號：「迎闖王，不納糧」即是如此。以古例今，則政府以徵稅作爲遏阻股市狂飇、拉近貧富差距、實現社會正義之手段，乃是正常且應該的。反對黨藉機擴大政治資本，亦爲勢所必至。我們應認清這一點，了解稅務問題在政治事務中的地位，以免在評估及實施新稅制時，忽略了它在政治上可能發生的作用。這次財政部在研擬證所稅時，顯然就只考慮到它的經濟面，而未注意它的政治面，以致投資人高喊「股票等於選票」時就慌忙讓步了。

不只此也。稅做爲一種強而有力的政府政治手段，除了消極遏阻某些事情之外，也可以有積極的作爲。如文建會正在研擬的「文化建設重要法規研究計畫」中，卽準備討論表演藝術活動及設施（含樂器）稅負的減免辦法。這個辦法，不但使得表演藝術聯盟取消了赴立法院請願的構想；長期看，對國內藝術發展，也必大有裨益。另外，在環保意識高漲及對抗形勢普遍形成之際，我們是否也可以考慮以污染稅建立環保補償制度，使之兼具改善環境品質與提高社會福利的功能？例如對於重大投資案，採取將營業稅隨廠撥予當地政府從事建設。或在現行租稅體制中，建立完善的排放收費制，並逐步以污染稅來取代現行之管制式污染防治策略。都是值得施行的辦法。以美國的經驗來說，要達到相同的污染物排放量標準，管制式的污染防治，所花的費用幾乎比污染稅制多了十倍。足證污染稅制除了能節省防治成本外，還具有誘導和提升防治工業技術之研究與發展等功能。因爲廠商自然會考慮稅率及防治技術，選擇最適當的因應措施，減少稅負。

諸如此類，都表示國人不只是被動地「完糧納稅」就了事了。這次股市徵證所稅風波，無論將來如何收場，國人都宜藉此事件，學習到了關切這個與每位國民權益密切相關的稅務問題。而政府也應改變以往對稅務處理的態度，創造積極性效能的稅法，將稅做爲遂行政治理想的工具。

如果眞能如此，則此一風波，未嘗不是一件好事。

不過，我們之不能已於言者，在於：政府以證所稅來弭消社會不公的用心，甚爲可佩；然社會不公的根源之一，以及這次投資人和薪資階級兩方面都感到不公平的原因，主要是現行稅制的不公。北周蘇綽〈六條詔書〉曾說過：「租稅之時，雖有大式，至於斟酌貧富，差次先後，皆事起於正長，而繫之於守令。若斟酌得所，則政和而民悅；若檢理無方，則吏姦而民怨」。要清除吏姦和民怨，希望財經單位能趁此機會，整體重估現行的稅制，建立斟酌得所的稅政體系。

七十七、十、十一《中國晨報》

大家來做秀

臺北市議會的風波，高潮迭起，好不容易才落幕了。這次兩黨議員間的爭執，曾被形容為讓議會「中風」了四天，功能整個癱瘓。不僅官員們鎮日枯坐備詢，而僅能旁觀鬧劇；市民亦感大惑不解。因為他們所選出的議員先生們，所爭議的並非市政問題，而是中央民意代表退職條例等問題。此既非市議會之權責，亦與本次會議之議題無甚關聯。為此糾纏，究竟所為何來？

同樣地，在中央，國會裏目前也好戲連臺，集思會出了一陣鋒頭，黨團協調鬧了一陣風波，立法院長請假擬辭，副院長橫遭羞辱……幾乎令人目不暇給。坊間戲言：將來選舉立委，須檢送跆拳段級證明，始能參加競選，以便將來應付問政之需。也有人建議許曉丹不妨仿義大利「小白菜」之例，出馬競選云云。

不僅如此。洪濬哲等主張建體育館、辦辯論會；洪文棟等主張猫熊進口，抓住衛生官員論難；省議會也不甘寂寞，提議把臺灣省分成五省兩市。以致報上讀者投書說議員提案像玩「家家酒」，簡直令人欲哭無淚，……從中央到地方，從臺北到高雄，民意代表、某些官員、某些黨團人物，似乎都使盡氣力，在製造一些聲音、在演出一些動作。而這些聲音與動作，又都顯得有點急切。這到底是爲什麼？

不爲什麼。只因爲自解嚴及蔣經國先生故世以後，臺灣整個政治社會結構起了極大的變化。原先的政治權力的獲得，方式是單一的，資源也較爲集中。基本上，民意代表與官員雖可能擁有羣衆基礎和社會力量，但權威的來源比較上是由上而下的縱貫系統。現在，則政治權力體系既已解構，一切力量遂噴射而出，言論市場，就像報禁開放以後的報紙一樣，迅速擴張膨脹了好幾倍。各種聲音，雜然並呈，形成了一個「衆聲喧嘩」的時代。這一方面固然有可以恣意表達自我、說出自己的話的機會；但從另一方面看，一個聲音，要穿過重重音網，在言論市場中博得社會的注意，也遠比從前困難了。若不趕快尋找「秀」點，製造些容易引人注意的話題，一位政治的公衆人物，很快就會在言論市場上變成被人遺忘的冷門貨。

其次，從政者已經發現，依附政黨內部的縱貫系統，已不像從前那樣可靠且有利可圖了。反過來，他必須自己造勢，形成「黨不得不用我」的力量。所以他不必再顧全黨的整體考量與利益，而必須以他自己的方式，去尋找及聯結社會支持。於是每個人都要曝光，都要站到鎂光燈下來，讓大家看到我的言論我的行動。否則，社會也恐怕不再惦念他了。——總之，要「秀」才會贏。

這裏面其實含有一些危機意識在，所以有時候難免「狗急跳牆」。例如吳勇雄爲什麼要這樣鬧？他是明知已無希望、在黨內已無前途，只好賭了。北市議員爲啥要爭論國會改選問題？因爲那是輿論的焦點、鎂光燈照射的所在，他們雖非國會議員，也不妨湊上來亮個相。洪文棟爭什麼猫熊進口，雖無關乎國計民生、亦不具文化理想，卻不難藉此秀上一秀。……諸如此類，都可以看出他們急切的情緒，有時出現一些非理性的行動，應當也是可以理解的。

另有些人，不採取這種訴求方式，而採吸收社會資源，增加政治資本的路線。例如最近頻頻成立的基金會，便是其中之一。這些介於政治與學術之間的基金會，與過去的公益團體、工商界逃稅功能、純學術研究的基金會不同處，在於他扮演了從政者的集思庫（think tank）角色。如高育仁的《二十一世紀基金會》，卽屬於此一性質。據聞姚嘉文、陳水扁亦有意成立基金會，臺中也有人打算跟進。這些基金會從事的調查與研究，必然是這些政治人物所關切的問題；其調查與研究，亦必可提供給政治人物做爲問政及鬪爭時之參考。卽使退一萬步說，基金會純然客觀，不做該政治人物之幕僚，可是利用基金會集合了一批學者專家，運用基金會對外工作之成果，本身便足以累積可觀的政治資本。難怪大家要對此趨之若鶩了。

然而，不管如何，這些發展都令我們對中國民主化的前途感到憂慮。不顧社會及大眾實際的問題和需要，只管製造話題，導引風潮，甚或喧囂廊廟。以表演的方式，強化意識型態的爭執；以打仔的手段，肆行其私人權慾的滿足。對於具體的問題，不太理會，而一味尋求秀點，大作文章。固然是因時代變遷，不得不然。可是我們選民實在感到非常失望，對民主的盼望，亦漸有落空之感。

至於知識力結合經濟力政治力的新型政治人物幕僚單位——基金會，我們也深爲其濫用社會公器爲憂。過去，我們常對政府機關假借委託研究之名，替己張目（據說臺電常以委託學術機關做的研究來支持其做爲，但若遇到不合臺電之意的研究結果，則予以封殺；且學者既受其委託研究，亦常不便苛評），時有抨擊。現在，民間自己卽成爲政治人物的幫傭及智囊團，此雖或可自信於學術良心無所虧欠，卻難釋天下之疑，學術獨立，將愈難保持了。

七十七、十二、六《中國晨報》

勿關起門來自己爽

在一九八八年國際大祭典的奧運會場畔，一位韓國教授坐在我國大使館前的大漢藝術文化公司樓上，感嘆道：「我們韓國人這次眞是丢臉了！」他的理由是：中國海峽兩岸的選手，都能在這次大賽中同場競技，共同演出。而北朝鮮卻抵制奧運，南韓用盡氣力，敞開大門，希望北韓能來，卻總無法辦到。盛宴已經展開，主人的家族糾紛竟無力擺平，對韓國的國際形象當然大打折扣。

同樣的，在南部慶州山中的酒店裏，韓國主辦第十屆國際退溪學會議的學者們，對海峽兩岸派來的代表，能共同研討學術、彼此交換社會經驗，也艷羨不已。「什麼時候我們也能像你們這樣，探親、祭祖、觀光、學術交流呢？」他們困惑地問。

其實這個問題老早就在報上以社論方式討論過了，臺灣最近這一年來的開放政策，使韓國民眾燃起了新的希望。也使中華民國政府在海外的形象大爲改善。

然而，我們聽到這些讚美與驚嘆，內心卻是苦澀的。固然兩岸選手都可參加奧運，但在奧運會場上，找不到我們的國旗；電視上，看不見有關咱們的報導；入場的牌子，尚且引發了一些問題……。海峽兩岸固然可在這類國際會議上交換意見，可是爲了科總年會，我們鬧了多久？好不容易才以削足適履、掩耳盜鈴的方式，派了三個人去大陸，卻又宣布這只是個案特例，下次未必援例辦理。什麼時候我們這裏最強的學門與學者才能自由進入大陸講學、開會呢？凡此總總均可見「和平統一」還早得很，問題重重，並不如韓國人所以爲的那樣美好。不過，以韓國的情況來跟我們比，則韓國的議員與學生，剛剛才結束了與北韓的會談，會談誠然還不太可能有什麼結果，然而……

在執政黨十三全大會修正通過「現階段大陸政策方案」之後，執政黨和政府部門又分別成立了「中央大陸工作指導小組」及「大陸工作會報」。這本來是個令人鼓舞的契機，但這一連串動作之後，卻發生了開除胡秋原黨籍這類事情。我不曉得國際上將會如何以困惑的眼光來看我們：到底國民黨在搞什麼鬼？

或許國民黨內部有人認爲不如此處置，不足以申張黨紀、不足以強化敵我觀念。可是，申明黨紀和嚴敵我分際，在今天到底有什麼意義？這種意識型態的堅持，與民進黨之大辯「統」、「獨」一樣，都只是「關起門來自己爽」的辦法。我們必須徹底了解什麼才是時代的問題，什麼才是社會的趨勢！

當今的問題，非常明顯：臺獨不可能、統一還太早。民進黨中一部分人士，爲了各種理由，宣傳臺獨，建立各類合理化的飾詞，卻不肯仔細分析中共及國際社會對臺灣獨立是否能予支持，一味逃避問題，且無視於臺灣人民對於中國的認同，勉強費力地來搞「革命」。他們自己被狂熱與獨斷攫住了，卻想談民主，其昧於大勢，理由甚爲明顯。執政黨呢？自去年解嚴以來，大陸開放探親之後，臺灣民眾去過大陸的有多少？民間前往投資的又有多少？事實證明，大陸政策每開放一點，就立刻獲得全民的讚揚，從無例外。每顯得遲滯僵緩，社會便一片抱怨，亦從無例外。這難道不足以證成一些道理，難道看不出大趨勢嗎？

可惜執政當局似乎對這樣的趨勢頗感憂懼，拚命在做刹車的工作，非到無力阻擋了才不得不讓步。像民間旅行社已經帶幾十萬人赴大陸觀光了，才勉強宣布准予攜團去大陸觀光旅遊。幾十萬人已經去祭過祖了，才明令公允。商人進口大陸物質已經充斥市面了，才公布匪僞物品五十種「管制」條例。許多人根本就已經去開過會了，還大費周章，變更組織、解釋「公務員」名詞，勉強派三個人去北平應卯。熊玠已經傳述了中共對統一的構想，此間報刊亦已公開討論了，卻仍認爲胡秋原等不宜與中共人員會談國體問題，並對吳哲朗赴大陸採取嚴懲措施。大陸妹等早已登陸臺灣各城鎮了，還不准大陸人士來臺參觀訪問。勉爲其難通過的允許大陸親人來臺探訪重病患者辦法，事實上又根本無人能符合該條件，而被此地報刊譏爲「詭論」。拚命查禁大陸出版品，而訂立了一堆特藏管理、授權規定，但出版界學術界早已直接談判、交流稿件了……。

諸如此類，簡直不勝枚舉。到底有什麼天大的好處，值得政府冒這麼大的危險，做這些逆堵時代潮流的事呢？

表面上看，政府是爲了安全著想。但起碼交流開放以來，來自中共方面對臺灣安全的直接威脅，似乎並不太大。反而是政府努力刹車，不知道製造了多少民怨。政府盡力刹車，刹不住了才開放，又不曉得使多少人喪失了對政府的信心，也成功地建立了政府顢頇保守的形象。一切措施及步調，都遠遠落在民眾之後。嚴守官民分際，自我設限，放任我們的人民到大陸去獨自冒險，以致形成老兵困居香港、徘徊廣州白雲機場一類事件；商人赴大陸投資，更是孤單無依。這些，都使開放的良法美意，轉爲怨懟之根苗。而且，政策說：「尚未開放，一概不准已，實際上卻無力禁絕既存之事實。例如禁書、或記者到大陸採訪，都是默許且存在已久者。這豈不是政府在以政策鼓勵並教育國人陽奉陰違嗎？公權力之破壞、政策法令之成爲具文，到底誰該負責？政府信誓旦旦，說絕不與中共談判，但長期在陽奉陰違的事實下生活的民眾，卻無法不想像國共兩黨「必有暗中交易」。這又是誰造成的？

換句話說，執政黨亦昧於大勢。現在它的主要「敵人」，不是民進黨、不是共產黨，而實際上就是它自己。長此以往，恐將成爲與全民意願相背離的政黨。這種立卽而明顯的危險，秉國者爲什麼看不見呢？

七十七、九、二十六《中國晨報》

大野龍蛇

昨夜看畢中共當局對於與學生對話的記者會後，我就在想，今天學生們的遊行勢不可免。但這場浩大的行動，將來成爲歷史紀錄片時，該配上什麼樣的音樂？是虛張聲勢的〈黃河〉、還是哀艷凄楚的〈梁祝〉？

對於中共當局的顢頇、愚鈍以及霸權專橫的姿態，我們當然嗤之以鼻。可是知識份子在資訊傳播系統全面被壟斷的情況下，處境也著實艱難，甚至可以讓人感到他們的脆弱。遊行的場面，固然如此浩大，衝擊卻未必激起什麼反響。而且在理念上缺乏更新政治結構及反省文化路向的主張做爲導引，這場紀念五四的儀式，恐怕也將如祭壇上燃燒的火炬，除了帶來一些希望和光亮之外，未必有什麼實質作用。要想如七十年前那樣，釀生整個思想文化及政治社會的鉅大變動，似乎不太可能。

不過，悲愴的世代畢竟業已遠去，沈睡的靈魂正逐漸甦醒。回顧歷史，近百年來，民族生命似乎也有一個特殊的週期發展：一九一九的五四運動，一九四九的大陸撤守，一九七九的中美斷交、北京之春，現在又恰逢一九八九了。年代的末期，在西方來說，可能卽意味著時代與社會的變遷；而若依中國的傳統來講，從漢朝以降，我們就常說在龍年跟蛇年之交，往往會出大事。今年也剛好是蛇年。五四距今七十年，已超過了一甲子，未必適合扣上這個龍蛇的聯想。但我現在在北平，卻想起前幾天我在臺北辦「五四運動與文化變遷討論會」時，曾送給香港中文大學的盧瑋鑾女士一副對聯：

「故山猿鶴都無主，大野龍蛇正此時。」

昨天中共那位荒謬絕倫的發言人袁木，一再以「龍蛇混雜」來形容這次學生的運動。我則以爲，我們大陸的朋友們不妨大聲地說：是的，大野龍蛇正此時，我們已是準備再做一趟魚龍曼衍、生氣淋漓的大戲，演出我們民族另一次生命的重要轉折。

這次我們來北京，站在這一歷史的轉折點上，觀看歷史的進展，自是百感交集。但我們也很慶幸能參與這個歷史的創造。周志文坐在我身邊寫了四十年來第一篇中華民國報紙在北京撰寫的社論，只是其中之一而已。七十年後，歷史必能記得我們在這次民族活動中所曾貢獻的熱情。

七十八、五、四《中時晚報》

香烟答記者問

「聞舊邦以輔新命，極高明而道中庸」。我在北大燕南園採訪馮友蘭先生時，馮先生的座椅對面，就掛著這幅他自己寫的對聯。

馮先生已經九十五歲了。五四時期的哲學家，碩果僅存，並世無兩。但他已耳不聽、目不明，靜居舊宅之中，仍在苦思他的《中國哲學史新編》。這幅對聯掛在他對面，自然是他對自己一生志業的說明，語氣中也透露著自負自喜之意。然而，值得玩味的是：上聯「輔新命」三個字剛好放上一幀他的畫像，被遮住了。我撥開畫像，看到這三個字，心情十分惆悵。

次日，我把這番感慨說給專治美學的某教授聽。我以爲馮先生畢竟是個「應帝王」的人物，他研究中國哲學，曾經歷國民政府時期，但他願以其所聞於舊邦者，輔佐新王，應合新的天命。這種輔新命的思想，顯然跟傳統儒者「道尊於勢」的矜持不同，也缺乏以道統制衡治統的尊嚴感。反而令人覺得他是樂於以所學輔佐新政，替政治服務。對此，我當然頗爲馮先生惋惜。

某教授完全贊同我的看法，他還舉了個例子。他說他最近讀到史鐵生的小說《詹牧師的一生》，書中描述詹牧師在「解放」後，如何撇清他與教會的關係，痛斥宗教是人生的鴉片。等到四人幫垮臺了，他又寫信給當局說願以其宗教知識奉獻於社會等等。他死後，其友人整理遺物，發現他有在書後札記的習慣。但這種札記隨時在改。例如有一本《劉少奇選集》，書底有他初購讀時的批語，譽爲共產黨員最親切最重要的精神食糧。可是劉少奇被批鬪時，這段文字就刪掉了，改稱其書爲「大毒草」。諸如此類。小說便利用每本書後面不同時期的批劄短語，來描述詹牧師一生在政治漩渦裏掙扎的經過。他一直想跟上風潮，但每次總是跟不上。某先生說，他讀這本小說時，立刻就想到了馮友蘭，彷彿它寫的就是馮友蘭先生。

馮先生在淪陷之初，確曾致函毛澤東，自明願爲新朝輔佐之意。不料毛澤東的回信很不客氣，勸他今後「以老實爲宜」。譯成白話，即：你給我放老實點。這一問答，遂注定了中國知識份子幾十年屈辱的命運。知識份子被打爲「臭老九」。所謂臭老九，是指其地位在地主、富農、反革命、壞份子、右派、特務、內奸、走資派之下。其屈辱與黑臭，可想而知。

反知識份子，其實就是反知識、反文化的。從歷史上看，知識份子向來代表批判社會與政府的力量。一個政權不但不尊重知識份子，且屈辱、羞辱之，正所以表示它是一個不准批判，且批判它就是罪惡的極權專制政府。在它的邏輯中，知識及知識份子如果還有一點用，那就是爲政治服務。人類歷史上從來不曾出現過這樣的政權，如果有，只有蒙古人入主中原之元朝的「九儒十丐」可以比擬。

現在，文革的魔魘過去了，改革的腳步加速了，大陸開放十年以來，知識份子的地位改變了嗎？沒有。政治上仍然藐視知識份子，不把知識份子看在眼裏。鄧小平處理天安門事件時揚言「三不」：不惜流血、不怕動武、不管國際輿論。不就表現了他們到現在還是野蠻、反文化反知識的嗎？秀才遇到兵，有理說不清，知識份子要想不被糟蹋；大學生要想跟他們談民主自由，無異緣木而求魚。

所以，現在知識份子的地位，不是臭老九，而是「九丐十儒」。在五四七十週年紀念討論會上，有人提出這樣的說詞，大夥也都悲戚同意。但這還不夠，北大校園大字報上貼了一張「香煙答記者問」，一題是：你如何描述中國知識份子的形象？答：駱駝。一題是：中國知識份子的地位呢？答：大重九。駱駝是指大陸知識份子之能忍辱負重。大重九，則是九乘九，屬於第八十一等人了。其地位之低落，可謂無以復加。

這不只是政治因素，而更是社會因素、經濟因素。過去中共宣傳「農業學大寨，工業學大慶，全民學解放軍」，沒人學知識份子，反倒是知識份子要向工農兵學習。歷史上固然常有摧折知識份子、壓迫知識份子的事情；卻從沒有整體改造社會意識及價值認同，以解消人對知識的嚮往，從根本上掃除知識份子地位的例子。所以過去知識份子可以憑他對政權的爭抗而獲得社會的同情，現在則卑微到成爲過街老鼠人人喊打的局面。政治的壓力再大，總能抗拒。從根本上掃除了知識的價值與知識份子的尊嚴，知識份子憑什麼跟政權對抗？憑什麼在社會中存活？

這就是大陸知識份子普遍畏葸卑怯的原因。對政治與社會，深存戒懼。慣於自詆自毀，承認自己是有罪的。過去政治批鬥中如此，現在開放了，仍是如此。例如一談起大陸的落後，就抱怨中國文化差、中國人不行，總不能在自我詆譭之外，也批判一下實驗了四十年的馬克思主義及社會主義政權有沒有問題。這就彷彿老是自艾自怨體質太差、吃藥不足量，以致沉痾未起；卻不問問藥方子對不對。現在，有些年輕人開始承認藥方子確實不太對，主治的醫生也根本就是蒙古大夫。但仍不免繼續自艾自怨，問：藥方子固然不好，但中國人爲啥接受這帖藥呢？難道不是中國人愚昧、中國文化中有問題，故能與馬克斯主義一拍卽合嗎？……

這類問題，他們問得很認眞，我們則覺得無聊與糾纏，且充滿了自虐自苦的意識。放著眞正亟待改革的社會問題不談，明知藥方子錯了還不拋棄，老在追問自己有沒有罪，仍在交代歷史、自我檢討批判。但我們不怪他們，我們眞能諒解四十年摧殘下知識份子的心境。這種摧殘，不只是一般意義的壓迫，造成現實上的屈辱；更是對人格、對思考方式的傷害。

所以，對於像馮先生一類知識份子，從前我們稱他爲大陸「四大無恥」之一，其實是過分了些。因爲那個責任，他自己只能負一部分。聞舊邦以輔新命，乃是他那個時代大部分知識份子被教育了的人生理想。應和新朝，爲政治服務，以苟活於亂世，連梁漱溟、朱光潛、熊十力都不免，何況一馮友蘭。我們對此，只能哀矜，只能惋惜。

這種心情，非身當局中者，恐怕不易了解。這次五四在北京開會，陳鼓應抱病由醫院臨時趕赴會場，發言談陳獨秀與尼采。但精神枯槁、言辭鈍滯，極爲憔悴，這或許是因爲病了的關係，然而我們都覺得那不只是病的因素，似乎其心情也極索冥沮喪。見之令人鼻酸。他講到一半卽講不下去了。走出會場，我們訪問團中李子戈先生與他係舊識，趨前慰問，兩人抱頭痛哭。拉他到屋中小坐，他說餓。李瑞騰說他帶有臺灣的泡麵，要不要吃？陳鼓應說好。乃泡了一碗麵給他。——對於這種情形，除了哀矜，還能說什麼嗎？這就是大陸知識份子的處境。舊居者如馮友蘭，新附者如陳鼓應，大抵都差不多。然而，世界不會一成不變，五四七十周年的新五四運動，似乎帶來了一線曙光。

這次運動與七十年前的五四有很多地方不同。其中最大的不同在於：五四固然是學生自發的愛國運動，但知識份子提供了精神及知識的導引；這次則倒過來，是學生教育了知識份子。最先，知識份子基於過去的經驗，仍然是畏葸卑怯的。固然情感上同情學生，卻不敢站出來支持。但一次又一次的遊行，感動了他們，每個知識份子都熱淚盈眶地對我說：學生太偉大了！

爲什麼這就是偉大呢？他們的抗議，未必會有什麼結果。但是，知識份子對社會的使命感被喚起了，知識份子不再是爲政治服務的工具；知識份子的抗議精神復甦了，知識份子不再屈辱苟活於非理性的重壓下。生命的莊嚴、知識理性的力量，重新被社會認識了。所以起先只是學生孤軍奮戰，教師、文化工作者、研究人員、市民、工人、家庭主婦……都退在後面觀望。逐漸地，市民加入了，工人、軍人、法官也來了。知識份子則終於擺脫了心理上的陰霾，勇敢地站出來支援學生，同聲抗議。我很高興地是，與我們盤桓討論甚久的中共社會科學院學人，終於發表了公開信；北大等高校的一些重要學者，也提出了他們的呼籲，這些簽名的學者中，赫然便有馮友蘭先生。

從過去的馮友蘭，到用畫像遮住「輔新命」的馮友蘭、再到毅然簽下姓名，參與新民主運動的馮友蘭。我們看到了大陸知識份子的轉變。學生運動所激發的這次新民主浪潮，讓我想起了一七八〇年富蘭克林寫給他朋友一封信裏的話：「人彼此不再是狼，人終於學會了他們所謂的人性！」

而更欣慰的是，學生用他們的生命與熱情，以自苦自虐的絕食方式，呼喚起了人性的溫暖之外，也重振了知識份子的尊嚴。值此血腥鎮壓正在進行之際，讓我們大聲讚嘆：「你們做得太好了！」正是：

莫道中原無麟鳳，八方爭瞰起鵾鵬！

未來的發展，讓我們拭目以待！

七十八、五、二十九《中時晚報》

黑色的魔魘

黎明之前，是黑暗；黑暗來臨前，則是蒼茫的暮色。然而這次，暮色中滿是紅血。

去年聯合報小說新人獎，短篇小說獎的得主孫禹，是大陸赴美的青年，他寫的是整個蒼穹猶如濺滿腥紅鮮血的文化大革命，題目就是〈殘陽如血〉。我評審了這篇小說，血一般的意象也一直瀰漫在我心頭。四月十五日，胡耀邦過世，大陸學生運動開始蓬勃起來了。我又看到寫《血色黃昏》的老鬼，用他自己的鮮血寫成一幅血書，苦諫中共當局。這時，血的意象又蒙上了我的心頭。似乎，文化大革命的魔魘，仍未成爲過去。

而就在這血色黃昏的意象中，我們一羣朋友趕到北平，召開海峽兩岸第一次合辦的學術會議，紀念五四七十周年。到達北平時，正值黃昏，一輪紅日斜陽，穿過薄霧，照在北平機場上，備覺蕭瑟蒼茫。次日，我卽赴北京大學參觀拜望。在北大，看到鼓吹民主自由的大字報上，赫然就寫著：「西風殘照，漢家陵闕」「我以我血薦軒轅」。

西風殘照，殘陽如血。五四，在天安門廣場，看見共黨的紅旗，更是格外感慨。宣揚「東方紅」的政權、以紅爲象徵的政權，現在日薄西山了。但那種紅，卻被發現：竟然就是人民的鮮血。血腥鎭壓，則彷彿日落降旗時的一場祭儀。人民用血，薦祭了民族始祖，用生命奉獻了國家；同時，人民也用血，弔祭了這個血腥政權。

從前，勞倫斯（D. H. Lawrence）寫《意大利的暮色》（*Twilight in Italy*），象徵意大利漸漸走完古老農業社會之路，蹣跚地步向工業時代，但前景恰似蒼茫暮色，還得熬過迢遞長夜。中共這次則是在改革十年、宣傳著要進行現代化之際，拉開了夜幕。鮮血般的黃昏，鮮血塗染的旗幟，爲這個時代抹上了一層詭異而恐怖的色彩。黃昏之後，夜，就要來了。祭禮過後，屠殺的黑色勢必出現。——我在當時卽已如此預測。

預測不幸實現了。但是，黑色的屠殺，能壓得住血的怒吼嗎？劉賓雁替老鬼《血色黃昏》寫序時曾說，這是一本「來自一個無聲國度的懺悔錄」。所謂無聲的國度，是說中共政權曾使上百萬知識份子被判處政治上的死刑，並讓中國變成了一個無聲的國度。

在這個國度裏，鎭壓知識份子，乃是它的信仰。今天，我們對軍隊在天安門及北平街巷中的屠殺行動，感到震驚、錯愕、悲痛；我們以爲不可能會有一個屠殺自己同胞、輾死自己學生的政權。其實，這種行動並不是頭一次，上回「天安門事件」，死的人恐怕比這次更多。這種屠殺也不一定赤裸裸地動用大砲坦克及衝鋒槍，因爲正如劉賓雁說的，曾有上百萬知識份子被判了政治上的死刑。所以機槍砲彈只是在政治力量壓不住了以後才會動用的。

然而，過去死了多少人都沒關係，這次卻不同。無聲的國度不再噤默不語了，民衆不再是待宰的羔羊了。持續一個多月，百餘萬人直接參與的這次民主運動，乃是在中共刀槍之下的怒吼。而且這種怒吼，中共也不再能封鎖聲音，不讓全世界聽到了。

是的，我們都聽到了，所以在悲哀之中，仍不免有一絲喜悅，彷彿於雷雨昏茫的惡夜中，看到了一線光明。問題是，我們該怎麼做，才能讓黎明早些到來？

七十八、六、六《中央日報》

啊！中國人

北平的鎮壓與戰鬥仍在繼續，我們的悲哀與失望也在加深。我們對以下各方面的表現，深感失望：

一、大陸共產政權爲了鞏固利益與權威，如此蠻橫地草菅人命，令人痛切失望。我們對它本無期望，但其血腥屠殺之舉，在摧毀它自己的國際形象之外，也令全世界懷疑到中國人的品質。連義大利等國的共產黨員都不齒其行徑，都到中共使館去抗議了。外國人未必搞得清楚中國的政治現況，而中共的暴行，卻已絕對構成了中國人的恥辱。那個民族幹得出這種事？

二、大陸學生及爭民主自由的人民，顯然對中共不夠了解，直到坦克衝到眼前，還相信軍隊不會開槍。他們不曉得中共的邏輯是：熱愛青年學生＝殺掉青年學生。活了四十年，連這套「辯證」邏輯都看不透，到現在仍想與共黨中央談判，與虎謀皮，其情可憫，其愚實在也很可哀。而且他們的民主運動一直是以政治改革爲訴求，要求由上而下的、整體性的改革。這除了重塑共黨強力權威領導之外，對民主大業根本就是斲害。他們不曉得應該進行社會改革以瓦解或鬆動黨的宰制性權威，也令人感到遺憾與哀傷。

三、號稱要再出發的中國國民黨及執政政府，在近一個月來，一直自以爲已對大陸民運表達了充分的關切與支援之意，但海內外對其表現實在是同感失望。認爲它反應遲鈍、行動怯弱。昨天晚報甚至說它：「不僅令人失望，更讓人憤慨」。是的，我們一直號稱我們是代表全中國的唯一合法政府，但這個政府對它淪陷區的老百姓慘遭屠殺，該怎麼表示呢？該說「你們」「我們」嗎？能說我二千萬軍民同胞願做你們的後盾嗎？譴責的口胳能跟美國日本一樣嗎？能說「我們一切行動，都必須先注意到臺灣『復興基地』的安全」嗎？……。我們怕被捲入紛爭、我們想置身事外、我們只敢靜觀其變、我們仍在沾沾自喜「臺灣經驗」，並趁機宣傳。這種小格局、小氣魄，沒有歷史眼光、人道擔當的態度，就是有光榮歷史的中國國民黨嗎？在全世界華人都注意且期待我們的反應時，政府越來越讓人失望。而更慘的，是政府根本搞不懂爲什麼大家都不滿意它的表現。這，簡直讓人焦急。

四、一向高談民主與人權，以批判國民黨「專制」統治爲職志的民進黨，這回噤默不語，遲遲才發表黨的聲明。個別黨員及領導者在記者追問下，也只隨意敷衍應付一番。既避免表示關切，又不忘暗示國民黨與中共只是一丘之貉，不要「龜笑鼈無尾」，先把臺灣民主搞好再說吧。姚嘉文更審慎地不用「同胞」一辭，只說大陸人民是我們的鄰居。昨天民進黨中常會的四點聲明，並用其中兩點來「要求國民黨記取此項教訓」「提醒臺灣人民認清中共殘暴本質，堅定臺灣主權獨立之信心」、一派幸災樂禍好不容易逮到機會宣傳臺獨的姿態。諸如此類，顯示了民進黨只是一個小家子氣、沒有見識的、只爲追求現實政治權力、心境褊狹的集團，對黨派利益和政治立場的考慮，遠超過基本人道關係，只曉得利用這次慘劇，做爲政治鬪爭、「借力打力」打倒國民黨的材料。

五、民間的反應，主要是青年學生及老弱婦孺。中產階層、農工大眾、企業人士之反應殊爲冷淡。特別是企業界憂心忡忡，希望政府「適度」表示一下就好，不要措辭太激烈了，激惱中共，使得他們在大陸的投資血本無歸。我們當然能了解他們的心情，錢是肉，割了心痛。但看看香港吧。香港的中資機構，人員都上街抗議了；做爲在港喉舌的《文匯報》，也已宣布脫離中共了。我們在大陸投資的人，連殖民地香港中資機構的人都不如，我們能不失望嗎？

我從來沒有想到，中華民族會讓我做爲一個中國人，如此羞愧、失望與哀痛！

七十八、六、七《中時晚報》

看別人的脚被剁掉了

「他媽的！」一位朋友說：「這個時候，只有『他媽的』才能說明我的憤怒！」

原來，他去臺大上課，碰到學生在發傳單。傳單上寫著自命爲自由開明、具有批判精神與社會良知的學生的呼籲，大意是說我們現在要聲援大陸學運，但也請關切我們自己的學生運動云云。

你也許奇怪這個呼籲爲什麼惹得我那位朋友大爲光火。因爲自從大陸民主運動蓬勃發展以來，自從全世界人類都爲天安門廣場上絕食的學生心痛以來，自從全世界都在爲共黨的血腥屠殺悲泣哀傷以來，咱們這裏卻瀰漫著一種奇怪的論調。我乍聽此一論調，甚爲懷疑，以爲那不是人類的聲音，而是蚊蚋轟鳴或叢林獸吼。仔細辨認，乃模糊聽得該一論調謂：「我們聲援大陸的民主運動？我們有什麼資格批評中共？我們的民主還不是不及格？自己都弄不好，何必指責別人？」「大陸學生爭民主，我們要聲援。爲什麼我們對自己的學生運動就不支持？」「大陸上鬧，是別人家的事，建立民主臺灣才是我們的事」……。

說這些話的人，振振有辭，且代表著正義、關切臺灣自由民主法治的姿態。

然而，這是人說的話嗎？好吧，姑且說大陸學運及民運是別人家的事。那麼，隔壁家失火了，燒死人了，我們該不該衝出去救人呢？這些先生們說：「且慢！那是別人家的事。」說：「我們家的消防設備也不太好，有什麼資格去救人呢？」說：「現在我們固然要關切他們，但最重要的是提昇我們家自己的消防設施水準。我們自己都沒達到完美的防火準備，談什麼去幫忙救火救人呢？」諸如此類，您以為像是人說的話嗎？

又比方，隔壁家的媽媽發瘋，持菜刀殺人了，三個小孩已經被她殺掉兩個了。我們唯一的行動，就是衝過去搶救小孩；即使她刀光霍霍，無法逼近，也要在旁邊大聲喝阻，對不對？可是這時卻有一班人說道：「你看他們家媽媽在殺小孩了，我們家的母子關係多好。這種良好的母子關係可以提供他們家做參考，不照我們這樣做，他們家是沒有前途的！」這種良好的母子關係，據說叫做「臺灣經驗」。而說這種無聊風涼話的人，就是號稱要解民倒懸、要拯救大陸同胞的國民黨及執政政府。

另外又有一幫人說：「你看他們家在殺小孩啦！我們憑什麼去救人呢？我們家的親子關係也不太好。所以現在最重要的，就是提醒咱們家人認清隔壁那位的殘暴本質。與她劃清界限，堅定我們家主權獨立的認識。並呼籲我們家的家長記取此教訓，不可殺小孩……。」這些人，就是平日號稱民主的人士、號稱爭人權爭自由的學生。

以上這些人的胸襟、氣度、見識乃至於基本人格，還能談嗎？大陸的知識份子與爲民主自由抗爭或捐軀的學生會稀罕他們的聲援嗎？這樣的人，站在那些無懼槍砲，以血肉抵抗坦克的人們面前，不覺得羞慚嗎？我昨天讀到《中國時報》記者楊渡描寫徐宗懋在天安門負傷後，被一位根本不認識的小木工背著送到醫院去急救。徐宗懋身高一八九公分，那位木工一六五公分。在槍彈掃射之際，他背起一位不知名的傷者，背了幾公里，送到醫院。而醫院裏血漿用盡了，護士拚了命，拚著一天一夜沒睡，前一天又已捐過血，再捐了幾百CC血，才救住了徐宗懋。我看著他的敍述，淚再也止不住，流了下來。這位木工、這位護士，教育了我們：什麼叫做人性。跟他們比起來，我們這些先生們的反應，該算什麼呢？

也許，自命爲開明先進的朋友們說：不要談人性，不要溫情主義。那我們來談談知識吧，讓我們檢查一下持這類主張的人，能否號稱爲一知識青年。——

例一、現在有一個班級，甚爲吵鬧，班長站起來說：「大家不要講話！」一位同學立刻反駁道：「你自己還不是在講話！自己講話就不要說別人！」例二、某甲批評：「A市交通實在太糟，市長不知道在幹什麼？」某乙反駁曰：「以前你自己當市長的時候還不是一樣沒搞好？自己都弄不好怎麼批評別人？」反駁的人似乎振振有辭，但他們不曉得他們都犯了「訴諸人身攻擊之謬誤」，屬於情境式人身攻擊。也就是說，某甲談的是A市的交通與某市長的治績好不好的問題。某乙不跟某甲談這個問題，而繞到某甲的身分立場問題上去扯。形成了一種討論上的不相干，以發言者的情境爲攻擊對象。

避免這種發言與思考方式，乃是一個知識人的基本條件，也是一位現代公民的基本能力。因爲民主與法治正是建立在這個基礎上的，否則法律卽不能執行、法官卽不能判案。駕車在高速公路上攔下超速轎車，準備開罰單的警員，會碰到這樣的抗辯：「你說我超速，你還不是超速？你不超速怎麼追得上我呢？」在法院判案的法官會遇到這樣的質問：「你判我詐欺？難道你沒有說過謊嗎？你自己都沒辦法不說謊，有什麼資格判我有罪？」法律的制裁或輿論的公議，正要是擺脫這種糾纏，將所論之事客觀化，不必與批評者的身分情境相關聯，才能建立的。

現在我們問的是：在北平的屠殺是否該譴責、是高舉民主與自由大纛的學生們是否應援助。他們卻來東拉西扯，問他們究竟該稱爲「同胞」還是「大陸人民」：問我們自己民主水準夠不夠，有沒有資格去聲援；問現在聲援大陸學生，爲什麼以前不支持本地的學運。這些都是不相干。大陸的學運與臺灣之學運同不同是另一回事。國民黨的防阻與「迫害」，跟大陸的坦克鎮壓一樣不一樣，又是另一回事。而更根本的問題，則在於說這些話的人根本缺乏思考能力與現代法治精神。而這樣的人，居然自視為青年知識份子、居然準備領導臺灣的學運，妙哉！

如果你要問，他們爲什麼會有這類既乖戾於人性，又背逆於知識的舉動。那我只好說：一切表面理由都是假的。這些舉動乃根源於他們內在的怯懦與自私，不敢面對眞正的不義，且永遠不能忘記自己；自己的身份、立場與利益，高踞於對人的基本關切之上。看見別人連腳都被剁掉了，還在抱怨自己沒有好鞋穿。

因此，我們不要以爲天安門的血是別人家的事。那些血，不但彰顯了中共邪惡的本質，也洗滌了我們的靈魂，讓我們徹底反省到我們這個社會中所存在的無情與無知。

七十八、六、十五《中時晚報》

敢有歌吟動地哀

大陸上由學生運動發展成的民主運動，仍在繼續之中。對其發展之脈絡與性質，一般人霧裏看花，多無了解。加上中共舉措乖張，大悖常情，每天的變化都是「高潮迭起，迷離撲朔」，實在也很難理解。而正因爲了解無多，所以雖然支援有心，卻往往不知該如何支援。我五度進入大陸，與福州、廣州、杭州、蘇州、上海、北京各地知識份子及學生等，多所交談。又曾在湖南、江西農村考察過幾千公里。願以這些經驗，對大陸民運作些分析。這些分析，雖然仍是扣槃捫燭，但不妨提供大家參考。

一、「改革」的社會矛盾

這次學運是因悼祭胡耀邦而起的，由於中共當局應對失誤，以致愈演愈烈，是眾所周知的事了。然而，能不能把這次學運或民運理解爲一偶發事件，星星之火，遂致燎原呢？歷史有偶然因素，但其偶然之所以能發生作用者，則必須有一發生之條件。這一發生之條件，同時也左右了偶發事件之發展。從歷史的脈絡來觀察，這次發生之學運民運，乃至於如此發生、如此發展，都不是偶然的。是「合當有事」。去年初，我初至廣州，便已有山雨欲來之感了。

這是什麼道理呢？大陸這次民運之起，有一基本社會條件，那就是十年開放改革以來，所形成的社會矛盾。——開放改革，人人叫好，但是禍胎早結、矛盾加劇。例如沿海與內陸之間的矛盾。沿海吸收了內地的物資與資金，加上法令的優惠與保護，發展迅速，經濟繁榮。但這種繁榮不僅未能分潤內陸各省，反而經常抱怨上繳中央的錢太多，自己賺的錢爲什麼要給其他省份花？中央的政策又常對其持續發展掣肘，摩擦不少。其他各省也忿忿不平，認爲他們輸血澆沃沿海，自己卻毫無利益。各省之間的貧富差距，增大了彼此的隔閡與衝突。此一衝突又具體形成城鄉之間的矛盾。農村人口大量流向城市；城市中人的生活方式、生活水準、乃至價值觀人生觀，都逐漸與農村疏遠了。接近城市的農村，生活富裕；遠離城市者，便如廢墟。再加上大陸限制人口自由移動遷徙，使得大量事實上不得不流向城市的農村人口變成了黑人黑戶，每一城市動輒數十萬上百萬。這些黑人黑戶，擴大了城市中治安、經濟與社會等問題，構成了沉重的負擔。城市與鄉村，同感怨聲載道。

此外還有人民內部的社會矛盾。因為經濟開放，出現了個體戶，其收入可以為一般民眾的十倍百倍千倍。貧富差距至為懸殊。且物價改革以來，百物騰貴，薪資簡直不足以糊口，人人叫苦連天。而個體戶雖然收入較高，但官員剝削、法令滋擾、特權敲詐，也是欲哭無淚。所以人人都自覺受了委屈，只有高官顯宦利用其職權，橫徵斂聚、貪污官倒，當然要令人側目了。可是在共產政權底下，由於「社會主義的優越性」，他們對此又無可奈何，百無聊賴，忿忿不已，自然是怠工倦職，活著混日子等死吧。

然而，特權普遍、官吏中飽、人民怠工，經濟改革就必然遲緩，繁榮與發展就必然停滯。這一停滯，又加深了社會焦慮。一是已經刺激起來的欲望，遠比事實上所能達到的繁榮膨脹得快，所以社會上金錢崇拜，奢靡揮霍成風，遂與其經濟條件與國民平均收入數字，形成極不協調的畸型狀況。其次是在社會焦慮與物價飛漲、生活實際比從前差的情形下，大家覺得現在社會紊亂、秩序不彰、效率低落，問題重重，而主政者毫無辦法，只能「摸著石頭過河」，怯懦沒有擔當。

這就是為什麼學生起來喊「打倒貪污」「消滅官倒」「繼續加強改革」，而能一呼百諾，獲得全體民眾響應的原因。但我們當知曉：這種響應，乃是對於十年改革的不滿，而非支持。他們當然實際上不會願意退回到從前的日子。嚐過甜頭的人，對苦澀是特別不能忍受的。所以他們所要的是反對十年改革，是要加強改革去改革掉十年改革所造成的問題。

臺灣的報導與理解，大概都未注意到這一曲折。以爲學生代表改革派，鎮壓學生的李鵬楊尚昆等則屬於反對改革的保守派。這眞是不知大陸者言。學生是批判改革的，對趙紫陽撻伐甚多。其所提民主自由等口號，正是要解決經濟改革所帶來的問題。他們希望開放政治權力，以消除經濟權利的壟斷，豐富社會的活力，所以要民主與自由。他們希望領導人能拿出一點辦法，不要再畏首畏尾、顢頇無能，所以要求由上而下的改革。或者更直接地，有些學生與知識份提出了「新權威主義」的構想。但自由民主與新權威是矛盾的，這便產生了學生跟知識份子之中的內部路線矛盾。

同樣的，鎮壓學運民運的李鵬楊尚昆，也採取同一思考邏輯。他們底子裏固然不脫權力鬪爭，但拿出來訴求的理由，以及他們之所以用如此激烈的手段，卽是爲了「保衞十年改革的偉大成果」「繼續推動改革」。七日從天安門撤防的二十七軍，也一邊走、一邊高喊：「打倒貪污！」「打擊法西斯主義！」並一邊對沿路民宅開槍（見六月七日路透社電）。如果從「改革派」「保守派」對抗的觀點來看此一現象，豈不要一頭霧水了嗎？

換句話說，總的方向是由於對十年經濟改革的反省。而此一反省因涉及各種社會內部矛盾，以致形成各種路線之爭。可是在共黨社會裏，不但一切政治掛帥，政治資源本來就極爲有限。一旦調整政策、變更路線，勢必觸動權力資源與現實利益的重新分配，變成政治上殊死的鬪爭。這次鬪爭會鬪得這麼久、這麼厲害，正顯示了社會矛盾之深之劇。趙紫陽立刻便被鬪倒，從外界眼光來看，簡直不可思議，其實毫不意外。因爲十年改革正是趙氏所推動的，他得爲他的政策負責。此外，軍隊進城屠殺，固然是被蒙蔽，遭了愚弄，但是愚弄與蒙蔽在親自接觸市民、在注射的興奮劑藥效退去後，爲什麼還能繼續執行任務呢？難道軍人大半屬於農村子弟不是個值得玩味的線索嗎？農村子弟與城市工人及北京學生的語言、思考方式、價值觀、對政府的態度、對十年改革的看法等，早已有了很大的距離，挑起他們由衷地憎恨「暴亂」份子，一點也不困難。至於各大軍區的分裂與衝突，更是在這一社會矛盾的情況下出現的。我於今年元月在大陸與知識份子交換意見時，他們卽已提到各省市間的矛盾與對割據、內戰的恐懼。大戰將起，他們心中早已有譜了，只是不曉得何時以何種事件點燃戰火而已。

二、民族心靈的創傷

除了這一深刻的社會巨大條件及社會心理學基礎之外，我們應注意的，是十年開放改革以來所形成的民族屈辱感。眾所周知，共產黨是以民族主義熱情來號召人民的。四十年前，毛澤東在天安門上說：「中國人終於站起來了！」不知讓多少人熱淚盈眶。中國近百年受盡外國人的欺侮，中共利用這種民族屈辱感，鼓舞老百姓反抗帝國主義。抗美援朝啦、大躍進啦、超英趕美啦、不要褲子只要核子啦……，這些舉措，確實對中國人，全世界的中國人都深具魅力。連海外華人，爲此回歸者都極多，何怪乎大陸老百姓爲此如癡如醉？但是，十年改革開放以後，東洋鏡拆穿了。具體的比較，讓所有中國人都曉得中國搞了幾十年，是越搞越回去了。不要說比不上美國日本，「簡直比印度還差」，一位教授跟我悲傷地說。

是的，國民所得，居世界一百二十位。出去的人發現中國原來如此貧窮、髒亂、散漫、腐化；在國內的人發現外頭進來的人，原來如此體面、溫文有禮、有錢也有尊嚴。他們的自尊深受刺激，一種羞愧慚惶，逼上心頭，大家都知道：中國是不如人了。

這種了解，帶來的是極度自我膨脹後，牛皮吹炸的軟弱與空虛。人人都洩了氣，無精打采。這個社會不再能提供他們生存的尊嚴，反而成爲他們屈辱的根源。以致於倔強者恨恨不已，恨自己爲什麼生在中國，恨這個社會的一切作爲；一般人則謙卑或者說自覺地感到卑微，甚至對世界充滿了迷惑與畏懼。而對社會充滿責任感的知識份子則焦躁不安，怕中國要被開除地球籍了。賈平凹的小說《浮躁》，充分說明了這種複雜的心情，張學夢的詩〈現代化和我們自己〉說得尤其沉痛：

望著
我們宏偉的目標
我突然感到
精神的蒼白
肺腑的空虛
我彷彿是腰佩青銅劍的戰士
瞅著春筍似的導彈發呆
彷彿我是剛剛脫掉尾巴的
森林古猿
茫然無知地
翻看著四化的圖集

這就是開放改革、追求四個現代化時，人們在現代意識下的倉皇失措。在這種倉皇失措之中，主要有幾種行爲表現。一是開放與追求現代化，讓人認識到外在世界的富裕與進步。

但現代化的理念是什麼，一般人不太懂，能追求的就是具體的錢財富裕了。於是一切「向錢看」。誰有錢、誰進步呢？西方，於是又崇洋媚外。用洋貨、學洋文、送小孩出洋，成了社會最普遍的風氣。不要說北京的外語學校教師都去旅館當侍者了。作家康白告訴我，他爲了去雲南賑災，在雲南一個鄉鎭村落裏，早晨湖邊忽然聚集了一大羣男女，他跑去一看，原來都在講英文。雲南僻鄉尙且如此，其他可想而知。

知識份子也是崇洋的，但一方面他必須與他的文化自尊痛苦糾纏交戰，一方面又必須將這種崇洋心理轉化爲積極理性力量。這就是柏楊《醜陋的中國人》曾在大陸暢銷的原因。大陸上近些年的小說，也頗致力於此種批判中國傳統之消極面、挖掘民族弱點的工作，有名的小說如李銳的《厚土》、張煒的《古船》、王蒙的《活動變形人》等，均是如此。在批判傳統的同時，學界焦急地期盼現代化。他們對如何現代化、現代化需不需要揚棄傳統，意見甚爲分歧，因爲他們實在搞不清楚現代化是什麼。但中國必須立刻、快速現代化，則是大家一致的信念。爲了現代化（西化），一切手段，卽使是換血換皮膚都行。這種態度的典型代表就是〈河殤〉。

在學術立場上，我們可以批評他們對現代化缺乏反省力。但爲什麼這樣缺乏反省力呢？學術有時候只是現實感與社會心理的理性言辭表達。他們深藏著民族屈辱感，所以不免急切地想趕上西方，最好是「變成」西方。這次學運與民運，要求政治改革，提出西方式的民主概念，便是這種心理及學理所促成的。

然而，民族感情與民族自尊，無論如何是拋不掉的。表面上巴不得自己與傳統完全斷絕關係的人，其實很清楚：他西化的目的是爲了中國的生存與強大。知識份子如此，民衆的崇洋媚外，自然也不能說他就沒有民族感情。只不過，屈辱感壓住了他，他輕易不去碰觸它，爲的是怕觸及心靈內部最深沉的傷痛。可是屈辱久了，找到機會，民族感情便很可能爆發起來，就如清末義和團之起來一樣。中共這次悍然不顧國際輿論，且隱隱然有將一切諉過給外國的姿態，充滿敵意。不能說它只是推卸責任，而應深刻了解其心理狀態。我於五月三日在北京臥佛寺，觀看中共發言人袁木舉行的記者會錄影，就特別注意到，當時學運尚未釀成民運，談的是「政府」與學生對談溝通的問題，袁木在呼籲學生團結時，卻忽然插上一句：「中國近百年來之所以受外國人欺負，就是因爲不團結」云云。其言甚爲突兀，聽者無不愕然。因爲這句話已經顯示了一種受了傷的民族情感，即將反撲的訊息。

崇洋媚外是不對的，對現代化無反省能力是「不孕」的，屈辱後的反撲是可怖的，焦慮急切地要改革求變是危險的，學運與民運，卻在這一凶險的情境中起來了。

三、蘇俄改革的刺激

眞正刺激這一錯綜複雜之運動興起的，是俄國戈巴契夫的改革。這個近因，在改革停滯、民怨叢滋、社會焦慮之際，適時地提供了一個新的改革典範。

一般人都知道這次大學生是爭取自由與民主，都知道共黨社會是沒有民主跟自由的。但這一說法是只知其一不知其二。共黨的哲學不是不談民主的，恰好相反，它們最講民主了。根據共黨的說法，一般所說的民主，如西方那種兩黨或多黨制衡、民主選舉等等，乃是資產階級民主。這種民主，政治權力仍然被資產階級所壟斷。所以必須再進一步達到「人民民主專政」，才能算是眞正的民主。此卽社會主義優越性之一。依這類邏輯，資產階級或資本主義是不好的不對的，現在雖因開放了，承認西方資本主義國家也有存在的價值，但資本主義只能適用於西方，中國必須走社會主義道路。——我去年十月底離開北京時，機場就在散發社科院院長胡繩寫的宣傳小册《中國爲什麼不能走資本主義的道路?》。

既然中國不能走資本主義道路，資產階級民主自然不應援用。這種僵化且不顧現實狀況的意識型態堅持，學生們怎麼可能會滿意?但誰能打破這一僵固的意識框架?

剛好就在這時，俄國戈巴契夫推動了一系列政治改革。這一消息，對大陸爭民主人士是極大的鼓舞。一方面，他們希望中共的領導人能效法戈巴契夫的魄力，重振人民對黨的信心，推動政治改革。另一方面，俄國是實施共產主義的老大哥，俄國可以進行改革，中國便沒有理由逃避改革。所以這既提供了中國知識青年的領袖期待，也解決了「中國特殊道路」或「社會主義特殊體質」理論的框套。戈巴契夫的傳記，在青年學生之間，流傳甚廣。共黨新一輩的領導人如李鵬等，是留俄的。他們也希望戈巴契夫的作爲，能成爲這批領導人可以接受的模式。

因此，戈巴契夫訪問北京時，學生把希望寄託在他身上，熱烈在人民大會堂迎接他，希望他看到示威，希望他了解人民的期盼，希望他向中共領導人建言。然而，他們失望了，戈巴契夫是個虛僞的英雄，他並不願意激怒中共。反而是中共領導者在戈巴契夫面前丟了個大臉，老羞成怒，立刻就下令鎮壓了。所以說，戈巴契夫猶如衝突點的火星，全世界傳播記者隨著這個火星來到北京，並順著火花濺起的方向看去，便看到了轟然巨響、血肉橫飛的驚人場面。

四、五四精神的復甦

也許您要問，既然不能接受資產階級民主，既然以戈巴契夫的改革爲典範，何以學運與民運仍以自由民主爲號召？這就得談到「五四」精神的復甦了。

中共一貫地以五四繼承人自居，強調五四運動的直接成果，卽宣傳了馬克斯與建立了共產黨。但開放以後，人民赫然發現五四所揭櫫的理想，根本未嘗實現，「走了六十年，還在原地踏步」。不僅過去的六十年成了可悲的浪費，他們更發現過去中共只是在利用五四。

今年五四，學生在北京街上遊行，我在中共社科院裏參加另一場他們官方舉辦的紀念五四七十週年會議，最後徵求自由發言時，一位青年學人跑上臺去說：「到底資產階級民主好不好？讓我們試試嘛！」另一位則說：「打我小時候，咱們就年年紀念五四，年年說要發揚五四精神。可是什麼是五四的精神呢？每年說的都不一樣。我小時候是說五四要發揚工農兵精神，於是我就跑到北大荒開墾去了……」大家都爲他們報以熱烈掌聲。確實，五四也像月亮，初一十五不一樣。兜了六十年，大家彷彿現在才找著五四的眞精神：自由與民主。

重新回到五四。這話說來平淡，實則哀痛。因爲這是徹底撕裂自己生命，否定過去所信仰的馬克斯思想及一切價值體系，從鮮血淋漓之中，經由自我否定、痛定思痛之後，回到馬克斯未入中國或初入中國時的沉思。這裏，有反覆思辨的煎熬，有理想失落的哀傷，有價值體系崩潰的迷惘，更有現實困境的感愴。生存的問題、價值的困惑，一步步反省，一步步探索，從馬克斯的魔魘中，轉出對於人道主義的嚮往；再從人道主義的深化，逐漸逼出自由與民主的信念。

這一歷程，可稱爲內在無聲的吶喊。其淒厲蒼涼、洶湧鼓盪，絕對不遜於天安門廣場上的呼號，甚至更爲深邃嚴峻。特別是從三年前的文學主體性論爭開始，人的自覺與文學的自覺才成爲主題，並衝破了階級鬪爭模式、羣體意識的框套，整個知識界走向人性的探索與對社會的反省。這種探索與反省，被視爲五四香火的自覺延續，在魏威、朱小如合著的〈五四文學與新時期文學比較論〉中，他們即指出：人的主題，在新時代得到了空前的肯定。這種肯定，與當年周作人用「人道主義」「人的文學」來描述五四，乃是後先輝映的。

這種站在人的關切、人的自覺上呼喊自由、民主與科學的行動，當然澎湃有力。但他們曉得事情並不那麼簡單。陳伯海說，現在面臨的是個「艱難的轉折」，劉賓雁形容是「艱難的起飛」，張潔說他們有一「沉重的翅膀」，趙園則說他們面對著「艱難的選擇」。艱難與沉重，說明了他們自覺已站在歷史的重要轉折點上，是走出黑暗或重回深淵，現在已經面臨攤牌的時刻了。

也就是說：因爲整個知識界都在沉思，都在「回到五四」，所以思想上替學運與民運做好了準備、提供了指導。從思考、言論到運動，正是一種實踐的歷程。所以這次學運，不是始於「四、五」或胡耀邦去世之際，而是發軔已久。如洪流聚水，積蘊到此，恰逢五四七十周年，一切主客觀條件皆已成熟，遂沛然衝破了黑暗的閘門。縱使艱難、縱使危險，他們也必須站在這一轉折點上，勇敢地肩負起歷史的責任。

這是這次學運中最可貴的一支脈絡，人性的覺醒、歷史的呼喚、時代苦難的擔當，俱見於此。我雖能明白他們的用心，與他們相約於今年合辦了兩場紀念五四七十周年的研討會，希望能貢獻一些建議，積極參與此一「新五四」運動，但貢獻甚微。而且我與我那已死和未死的朋友們，絕對沒有想到：這一轉折竟然艱難至此！如果這次歷史重新回到深淵，我也不曉得將來歷史還能不能讓我們再有一次新五四！

五、臺灣經驗的影響

最後，我想談談所謂「臺灣經驗」的問題。

天安門屠殺發生後，咱們這兒一再有人表示：臺灣開放探親、以及推廣臺灣經驗，乃是促進這次民運的一重要因素。我認為說這些話並不適當，因為時機不對。屠戮之際，哀矜呼號之不足，豈有暇以此沾沾自喜？其次，臺灣開放探親等，實施不及一年半；大陸的學運及民主運動卻早已蓬勃發展了許多年。其發展之理由與歷程，也都與大陸內部的社會條件息息相關，我們不能強說什麼受臺灣經驗之催化。第三，開放探親以來，進入大陸的，老實說，泰半是老兵、阿公阿婆旅遊團等等。這些人固然各有其影響，但不能否認的是他們一般文化水準並不太高，而且財大氣粗，不乏暴發戶氣象，或略帶一點因爲有錢而有的優越感，頤指氣使，不見得能獲得大陸知識份子及青年學生的尊敬。特別是此次運動中心的北京知識青年，都是十億人口裏的精英，自視不低，也能保有一種人的莊嚴感。對那幾個錢，是不一定看在眼裏的。臺灣一直不懂這一點，老是在炫耀我們的經濟，偶爾誇示一下政治的開明。殊不知此可以驚俗目，卻不能說服他們的高級知識份子。臺灣要得到他們眞誠的尊敬，只有在人的品質及知識文化方面，拿出點東西來。而這些東西，到現在爲止，我們拿出來了嗎？學術文化交流，除了我們幾個朋友正式做了些外，讓他們看到了什麼臺灣經驗呢？

這也不是說臺灣對大陸全無影響，但要曉得眞正的影響何在。一般人總以爲大陸上人看到臺灣客大把銀子、衣著光鮮，便心生羨慕，盼來臺灣天堂，對「社會主義偉大祖國」唾棄了。這眞是資本主義社會的想頭，雖然也不乏事實根據，卻是所見甚淺。大陸人士對臺灣有高度興趣是實，但在高度興趣之下，他們最關切的是什麼？錢嗎？美國人日本人都比臺灣客有錢，即使新加坡香港也不差，只要發展資本主義，就不難有錢，而他們是不會也不願搞資本主義的。他們知道臺灣繁榮富庶，第一個受到衝擊的，乃是他們的理念世界。例如，根據歷史，國民政府是因爲腐敗才被逐出大陸的，爲什麼到了臺灣卻把臺灣弄好了呢？或者反過來說，爲什麼偉大的共產黨、光榮的革命隊伍，竟把國家治得一塌糊塗呢？又例如，根據理論，社會主義有優越性，而爲什麼同是中國人，大陸實施了社會主義卻不見得優越呢？諸如此類，直接質疑的，是歷史觀與社會價值等。更進一步說，在激烈批判傳統以追求現代化之際，臺灣的例子，使他們想到：大陸批判傳統、打倒封建，鬧了幾十年，現在仍然覺得滿是封建包袱，阻礙了現代化的進程；爲什麼臺灣、韓國、香港、新加坡都沒有經過一個激烈的反封建傳統運動，卻能發展得不錯？過去與現在打倒封建傳統的行動是否仍能認爲是對的？這就涉及思考方式的轉變了。臺灣能提供給大陸參考的，其實是屬於這種深層的東西，而非浮面的光影賣弄。但我想我講這些，大家是聽不太懂的，不說也罷。且讓我爲生者哀，爲死者惜吧！

七十八、六、十八《中央日報》副刊

面對重新野蠻化的社會

去年大陸發生六四事件之後，中共曾委人來邀我往北平調查。後我又轉往甘肅、青海、新疆等地考察。十月再赴北平及山東。十二月復往北平。今年二月，則在南京、杭、滬訪問。四月，與雲南社會科學院在昆明合辦「中華民族海峽兩岸學術研討會」，以繼續去年紀念五四七十周年之活動。綜合各次觀察訪問所得，感慨極深。茲略述大陸六四以後發展狀況，稍作分析，並提供若干對我社會之建議如次。

一、大陸現況

㈠重新野蠻化的社會

H・斯賓塞在討論人類文明曾出現的退化現象時，使用了一個術語：「重新野蠻化」。

他認為，只要某個國家倚賴軍隊，而且軍隊精神壓倒了市民精神，則相應的便會發生強制排斥文明高尚化的行動，形成文明的退化。大陸自六四動用軍隊強力壓制民主運動以來，事實上正在重新野蠻化之中。企圖重新以軍隊精神做為國民精神。

過去，中共曾有「工業學大慶、農業學大寨、全民學解放軍」的口號與運動。六四以後，中共採取各項措施，例如擴大徵兵，宣傳國民從軍之義務及做軍人的榮耀，此一運動已遍及各鄉鎮村寨。其次，重新宣傳「雷鋒精神」，要全國人民學習二十年前一名解放軍小兵雷鋒，愛國愛黨、無私助人的精神，這一運動也遍及各鄉里村鎮，特別是對各級學校學生，進行以解放軍精神為人格標竿的教育。對於北京大學參與民主運動的學生，則自去年起，除減少入學學生數目（從原先的每年兩千人，降到八百人），並規定新生須先入軍隊接受軍訓一年，故北大本年度並無大一新生入學。今年更準備擴大至南京大學、復旦大學等校，將來可能變成一種定制，藉以培養新時代青年對軍人之認同。對於此一趨向，大陸學者認為：中共本來實施的就是一種「軍事共產主義」；十年改革期間，此種軍事共產主義雖受強烈衝擊，但未消失，現在則趁機揚扇，大有逐漸發展之勢。目前，這種種措施，雖仍遭受民眾之消極抵拒，可是通過中共的宣傳體系及意識形態教育，恐不難重建民眾之軍人意識；而整個大陸社會和其未來政策走向，可能也將重新野蠻化，值得注意。

因爲根據大陸科學院國情分析研究小組的報告，大陸人口到公元兩千年將超過十三億，到二〇二〇年將達到十五億左右。如此低素質的龐大人口羣，必將使教育負擔空前繁重。過去大陸忽視教育，歷年教育基本投資，在一九七六至一九七八年，僅及全國基本建設投資的二・七%，前一個五年計畫期間更低至二・三%。故目前文盲幾達人口四分之一以上，且正在以每年一千萬人口從學校流失出去的速度急速增加中。教育程度最高的江蘇省，一九八七年卽流失學生十四萬。天府之國四川則高達一百萬的流失中小學生。平均一百名小學生流失五名，一百名中學生流失九名。當務之急，顯然應是努力發展教育。中共卻反在此時淸查出版物、裁併書報市場與機構、緊縮大學、宣傳「大學生太多了」，實屬不可思議、倒行逆施之舉。

六四之前，大陸作家王朔卽曾批評中共政局係「流氓治國」。證諸以上六四之後中共各種措施，這種流氓化傾向恐將擴大，不只是軍人掌權、軍方主導社會意識及政策走向，更重要的是：龐大的半文盲社會，若再經軍人意識之灌輸，將來其內部動亂與對外冒進的機率，都必然增高，對臺海安全之威脅也必加大。

目前中共對臺事務，業已黨政一條鞭地由楊尚崑總其事。楊氏係鄧小平以下最具實力之軍方領導人，亦爲六四鎭壓民運之重要決策者，由其主控對臺事務，則對臺灣之態度，應會逐漸趨於強硬。例如三月間沿海軍務之加強、殲八型飛機進駐福建，即具強烈威脅意味。對民主女神號，由新華社發表措辭強硬的抨擊我政府文句。以及最近中共談及我政府及官員時，出現久未使用的「僞政府」「僞總統」稱謂，都顯示了這一不尋常的訊息。

(二)外弛內張的思想控制

與此一趨向相配合的是思想控制。

自六四以後，中共對知識份子、學生採取了多次思想清查工作，不斷進行檢討，並學習〈堅決擁護黨中央決策〉〈堅決平息反革命暴亂〉〈中國共產黨第十三屆中央委員會第四次全體會議公報〉等文件，要求人們「重新認識」六四事件，堅守四項基本原則。同時並藉「黨員重新登記」的辦法，清洗具有自由思想傾向或曾支持民運的人士。這些措施，已造成知識界內部高度緊張，風聲鶴唳，人人自危。

各學校及研究機構內進駐的工作小組，至今大都仍未撤走，仍在繼續深入清查中。今年教師與研究人員升遷考績，也以政治立場和表現爲評估重點。許多研究項目已被裁撤，或無法繼續；許多機構的領導，已經易人；許多學報也已停刊。去年已經排版清樣的學術論著，若涉及資產階級自由化思想，現在均不能付印。已上市者，則停止發行。有些刊物雖然仍繼續出刊，但已撤換編輯羣；有待觀察者，則在自我批判之後，不再刊登編者姓名，以觀後效。例如中共中國社科院文學所的《文學研究》已停刊，《文學評論》在連刊了幾期自我批判文章之後，雖仍保持繼續出刊命運，但院方刪除了該刊經費，任其自生自滅，且不准刊出編者名單。據稱有這類遭遇的人文社會知識刊物，單北平一地卽有百餘種之多。

這類工作，因屬內部作業，外人不易覺察，故表面上並未進行整肅知識份子的行動，但事實上形勢異常嚴峻。不但大學畢業生乃至博士生要先下基層，到鄉村接受一年勞動訓練。知識份子與臺灣及海外之聯繫也普遍受到注意。北京社科院及北大等校曾有一指令，凡有臺灣報刊或出版社邀稿，須先行匯報，獲准後方能答應；完稿後，亦應送交一部予單位審議後寄刊。若海外邀聘客座研究，薪資的百分之六十也必須交還國家。如邀請臺灣學人赴大陸參與學術會議或與港臺合辦學術活動，須經中央核批(主要是國家教委及國務院對臺辦公室)，不能由地方擅自作主。北京中央級各單位則爲避免麻煩，儘量不與臺灣學界合辦活動。臺灣學人在大陸之言論，亦不能涉及「兩個中國」，亦卽不能使用中華民國國號（本屆雲南會議，黃世雄館長論文，只不過在注解中引用到中華民國圖書館學資料，卽引起對方嚴重關切，可見其一斑）。

去年年底，中共已改組「文聯」「作協」，也針對新聞界發表了「絕不允許利用自己掌握的輿論工具，發表與中央相牴觸的意見」的工作講話。用中共的術語來說，此謂抓緊思想。特別是東歐發生巨變之後，因懼怕大陸也會發生類似的改變，中共一方面宣傳「中國國情特殊論」「井水不犯河水論」，一方面強化思想教育，嚴密控制有關民主運動之資訊，勿使其流入擴散。並利用人民害怕社會動亂的心理，散播「民主＝動亂」「中國不能搞民主，搞民主一定造成社會動亂、國家分裂」的危機印象。對知識份子與學生，更是視爲敵人，防嫌不遺餘力。知識界文化界之沮喪、悲觀、恐懼、憤慨，可想而知。

但從另一方面來觀察，大陸對與臺灣的經貿合作，卻又表現得無比熱絡。無論是對個別企業家、企業集團極力奉承；或透過諸如廣州交易會一類活動來吸引臺資，都大有斬獲，引發了臺商空前的大陸熱。

㈢力求發展的經濟策略

但這種經貿合作，不能視爲兩岸拓展和平關係的徵象，因爲大陸之吸收臺資，不僅是一項策略，更是一種需要。

大陸在過去幾年中，經濟成長幅度驚人，平均已達每年百分之十，爲世界第一。若照這種速度發展下去，不到公元二〇一〇年，其經濟力便將超過日本與蘇俄。不只如此，過去十年，大陸國民生產毛額已增加了四倍，外銷活絡，亦已成爲美國第十二大貿易伙伴。在這種情況下，大陸之吸收臺資，主要是政治面的考慮，經濟利益甚小。因爲縱使中共需要龐大外資，以完成「四化」建設，它所主要爭取的對象，也應是歐美日本先進工業之設備與技術。臺商的投資，皆以勞力密集業爲主，對其「四化」作用甚小。而且，兩岸轉口貿易，自一九八〇到去年，中共擔負的逆差總額，高達七三億美元。這對大陸貿易赤字之擴大當然極爲嚴重，但中共願意承擔，可見擴大臺海經貿關係，著眼重在政治面。

六四之後，情況則頗有不同。主因是世界各國的經濟制裁，以及旅遊業的損失，均有重大影響。農業方面，去年的水旱災，也使糧食需求吃緊。通貨膨脹嚴重，更形成社會普遍不安。據估計，到公元二千年，中共年投資額將高達二萬八千億元；而目前世界銀行已緊縮了數十億美元的貸款。短缺的資金要向何處取得呢？臺灣當然是最理想的目標了。何況，過去十年，經濟之所以能有發展，是由於改革開放，允許局部自由市場。現在計畫經濟說重新抬頭，市場與工業自然蕭條。能刺激社會、提供工作機會者，除鼓勵臺商去大陸投資外，亦不容易有更好的辦法。

當前中共的策略，是吸收我較高技術的產業。一月十七日北平中央電臺發表了「把投資對象由製鞋、玩具、成衣等中小企業，發展到科技層次較高、規模較大的電子、機械、能源、石化、礦產」的談話。顯示中共渴欲利用我方經貿力量解決其轉變產業結構之用心。以使勞力密集型企業，向技術密集、知識密集型發展。

二、兩岸經貿

對於六四之後，外國勢力撤出大陸所形成的市場眞空狀態，臺商趨之若鶩。對於中共的鼓勵投資，也有受寵若驚之感。許多人也因此發表了「兩岸經貿互補」或「利用經貿傳遞自由理念，刺激中共社會，以達成改變中共」的理論。這些言論與行動，對臺灣眞有利嗎？

發展兩岸經貿關係，我方其實並無太多優勢。第一、臺商赴大陸投資，往往不是產業的擴張，而是外移。是逃避臺灣投資環境惡化之舉，非志在拓展企業規模；在大陸之企業亦不可能與在臺灣的產業聯結成一整體。

第二、企業之發展，不是企業本身的條件即能決定，故企業倚賴政治與社會，遠大於政治社會之倚賴企業體。以中共的政策及社會條件來說，它要對付企業體，非常容易；而企業體想影響政治和社會發展，可說機會甚微。這與臺灣的政經依存情況極爲不同。以日本的經驗來說，日本企業對大陸之投資甚大，而日本對中共政局非但毫無影響，甚且大受牽制，處處須看中共臉色行事。這種事例，很值得我們參考。

三、海峽兩岸經貿關係到底是互補還是競爭呢？近年我方紡織品、鞋類、養殖業……都因遭到大陸的競爭而銷量遽跌。未來中共大力吸收高技術高知識企業後，結果又會如何？

四、臺灣近年對大陸出口增長太快，一九八八年已達我出口總額三・七%，去年則達四・三%。如此發展，三年後依存度將超過十%。屆時中共對臺灣之經濟卽有充分影響力，可輕易實施任何經濟制裁。而且，利用大陸廣大市場，吸收住臺灣資金，也可切斷或削減臺灣現有的對外經貿關係，擴大中共對我之影響力。

換言之，對臺海兩岸經貿發展，不可太過樂觀，宜審愼爲之，勿使現有的經濟力量，爲中共所消解。更不可沉湎於資本主義社會民主化的經驗，誤以爲經濟發展了，卽能逐漸培養出一批中產階級，推動政治民主化。社會主義國家的民主化，通常是在經濟危機中出現的，東歐的轉變歷程可爲明證。若經濟發達了，其控制力反而將更加強。何況，大陸政權在六四之後，欲重建其統治權威，光靠箝制與鎭壓是不行的。經濟問題能否解決，是其政權能否維持的大關鍵。如果經濟撐不住，社會不滿必將使工人與農民結合去年民運的青年知識份子一同起來反抗中共政權。反之，如果中共這時能有效解決經濟危機，則其政權必因此愈形鞏固，民主之日，仍將遙遙無期。故此時大力推動兩岸經貿，適足以爲中共政權之奧援，而對我方之利益則甚小也。

那麼，我們與大陸若要繼續交流，理由與機會在哪兒呢？

三、怎麼辦？

在東歐發生變局之後，大陸是否也會改變，成爲大家關切的問題。樂觀者往往預期大陸亦將在短期內產生劇變。但事實上大陸的狀況與東歐甚爲不同。東歐的共產政權基本上係蘇俄強力介入所建立的。中共則爲本土形成的革命政權，其統治之基礎，亦卽政權的合法性與正當性，歷經四十年宣傳與教育，現今大陸人對此仍少懷疑。對於放棄共黨領導後的社會，基本上無法想像，也很難接受（他們認爲那一定會天下大亂）。要大陸發生羅馬尼亞式的變革，一夕之間推翻共黨政權，希望並不大。且中共以馬列思想爲綱領，整個思維習慣，是以資本主義爲敵的，資本主義卽等於帝國主義對中國的侵略策略。雖經六四及東歐之變動，此一世界觀短期恐仍難以遽然扭轉。何況東歐各國地域較小，與西歐距離不遠，很容易獲得西歐社會的訊息，較能了解比較，尋得一合理的出路。大陸幅員遼闊，資訊封閉，又無教會或其他社會權力結構，可以制衡中共權力的運作，故其民主化遠較東歐艱難。

要改變這樣一種政權，必須針對其社會特性，籌思有效的策略。

我們認爲：現行的「三不」政策，無需放棄。因爲在政治層面，確實無可協商的基礎，亦無可以協商的條件。我們若不能接受「一國兩制」，即沒有與中共官方協商之必要。但是，現行的三不政策，純屬守勢。消極抵抗中共的各種互通建議，已然左支右絀；對我民間急切欲與大陸各界交往之活動，亦復徒增阻礙。不能見諒於國人。唯製造糾紛，以滋民恨而已。於今之計，應將三不政策，轉變成既「有守」又「有爲」，靈活、積極、主動的策略。方能肆應變局，創造新機。

具體的策略是：

第一，當仿大陸對臺工作辦法，設置專責機構，處理兩岸探親、旅遊、觀光、經貿、法律、文化等各種活動，事權集中，專業從事，始能具體掌握兩岸交流狀況，既便於監督管理，亦可協助各界，提供諮詢服務。更可以通盤規劃，既有以因應大陸之策略，亦能主動展開長程發展之思考。此機構，非現今大陸工作會報所能勝任。理應以民間名義設置專責機構，而由大陸工作會報節制之。否則事不知所屬、權不知所歸，似有政策，又似無人聞問，一任民間恣意所之；且開放並無步驟，亦無程序，缺乏長程方案，只倉皇應付民間及中共各種提議，處理各種已發狀況，實非國家之福。

其次，兩岸經貿關係，宜依有爲有守之原則審愼發展之。對赴大陸投資事，應分別處理，如高科技、易改變國內經濟體質之產業，應多規範；而人民赴大陸炒作房地產之類，則不需太過干涉。反之，我們應積極主動並全面介入或投資各種文化工業。

據一九八六年十一月十六日《光明日報》統計，過去三十年間，大陸文化經費只占財政總支出的〇・四%，對文化設施的投資，只占全國基本建設投資的〇・二%。八〇年代後雖稍有提高，但比率仍然非常低。以致形成如今大陸龐大的低素質人口羣。

此種低等素質人口，不僅生產力落後，也對臺海安全造成潛在的威脅。因爲龐大、低教育、無文化的人羣，若經濟生活遭到困難或面臨人口壓力，很可能以向外軍事擴張爲唯一出路。此種無文化且低收入之人羣，現已爲大陸軍隊的主要人力；將來亦必爲中共仍能實施愚民高壓統治之基本條件。

故欲促使大陸之變革，與其他國家之民主化歷程及方法最不同之處，即在於中共政府不可能主動推動政治改革，民間亦無力量促其改革；在國有經濟體系之下，經濟發展更不太可能成爲推動政治改革的力量。要使中共產生變化，必須改變它這種專制統治得以存在的條件，這種條件就是政權對一切傳播及文化事業之壟斷，以及無知的民眾。

因此，現今大陸要進行的，不是政治改革，而是一場社會意識革命。唯有「喚起民眾」，才能鼓動風潮，製造時勢。也就是一場新的啟蒙運動。此亦爲去年大陸民主運動的基本精神。但大陸知識份子本身並無對抗中共政權、發動此一運動之力量。要達成社會意識革命，增進大陸民眾對世界及民主理念的了解，培養人民爭取自身權益的精神，提高知識水準，不僅是我們責無旁貸的事，可能更是衝破現今政治僵局、改變大陸社會體質、降低兩岸敵意的唯一方案。

事實上，臺灣文教水準超出大陸極多，文化工業之發達，亦遠非中共所能抗拒，且適值大陸人民普遍具有社會認同危機之際，以文教進軍大陸，我方實有絕對優勢。現今大陸通俗文化領域，已爲臺灣文化商品所獨占，如電視劇、電影、流行歌曲、錄影帶、服飾、偶像崇拜、通俗文學（歷史、武俠、偵探、愛情等小說），皆已成爲大陸主要文化消費品。更應趁此時機，進一步發展有關大眾教育、大眾傳播體系，建立出版網絡，全面掌握其文化生態。

中共對臺吸收資金，鼓勵投資不遺餘力。但對涉及兩岸學術文化交流，或我方赴大陸投資設立出版機構、辦報、設電臺等，則妨嫌阻撓亦不遺餘力。但是第一，彼既以開放交流爲統戰號召，我方亦不妨以投資文化事業爲籌碼，作一策略性運用。二、中共雖不願實質交流學術文化，然若運用大陸各種特殊形勢，仍不難辦到以下各事，例如在大陸設立大學、中學、小學、社會文教研習班；在大陸成立跨省出版機構、成立文教基金會；在大陸組織文化工作者聯誼會……之類。凡此，皆有具體可行方案，已經初步試探。自宜突破現有大陸政策靜態保守之格局，積極朝此方向努力，否則臺灣經驗如何推廣？

第三，現今與大陸交流或投資等，眼光皆集中於沿海地區及各大城市。但是由戰略觀點考量，我們不可劃地自限，自認大陸事務非我們所能管轄、所能處理，而應對大陸的人口、農業、工商、都市規劃、市場結構、交通……等問題，不斷提出構想，不斷向中共拋出問題，迫其在內政建設方面作回答，以紓緩中共對我之外交攻勢。同時，這也可以顯示我政府有重新統一中國的計畫和雄心，「三民主義統一中國」非僅爲一句口號。況且，因應大陸民主運動之進展，我們也應有此作爲，否則只能等待大陸之變；而大陸若眞發生變革，我們也不見得有機會。另外，我們應將力量深入大陸內地，鼓勵商界與文化工作者至內陸拓展活動空間，方能強化我們對大陸的整體影響力。而且，大陸城鄉之差異、沿海與內陸之差異極大，我們也須對大陸有全面的、完整的、具體的評估，只看幾個大都市或只侷限於沿海地區，認識必然偏宕不準確。更進一步說，我們唯有深入了解其社會內部的文化差異與矛盾之後，才能予以掌握而動用之。

四、期盼之言

總之，以上原則性的建議，主要是在說明：臺灣的前途，不可能獨立考量；中共專制統治若不結束，臺灣必然處在不安全、不確定的情境中。但要如何才能突破僵局、創造生機呢？這裏我們建議採取一種膽大心細、有爲有守的大陸政策。設立專責機構，統籌規劃；並大力投資文化工業；全面了解與介入大陸事務。乃進行此一政策的三項基本步驟。

七十九年三月，未刊雜稿

簡化字大論辯

中共的文字改革，肇於民國十七年瞿秋白所制定的「拉丁化中國字母草案」，主張實施文字革命，廢除漢字，改用拼音。其後循此路向，推動文字簡化工作，以做爲逐步拉丁化的過渡。其目的，是「要走向世界各國文字共同的拼音方向」（毛澤東語）。

毛澤東說這句話時，是民國四十年，次年便成立了「中國文字改革委員會」，如火如荼地簡化漢字、推行漢語拼音。民國四十五年公布了第一批漢字簡化方案，共計簡化五一五字，簡化偏旁五十四個，加上推類的結果，據民國五十三年公布的簡化字總表統計，共達二二三六字，幾乎涵蓋了我們的一般常用字。

簡化字與簡體字，是不同的兩回事。簡體，謂字之形體在書寫過程中出現了簡省，如臺灣寫成台湾。簡化，則是一種政治社會運動，將文字簡單化。不只臺要簡成台，枱也要簡成台，颱風則要簡成台風。用政令迫使文字簡化、用人爲制作的簡化字替代正字；且將尚未簡化之原有正字改稱爲繁體字，以存軒輊之意。

這些字不是不予簡化，只是分批進行而已。民國六十六年起，即公布了第二批簡化字，凡八五三字，比第一次更簡得厲害。如展覽的展，只寫作尸；菜，簡爲芽；整，簡爲奎之類，令人丈二金剛摸不著頭腦。

去年我在滬杭訪問時，曾就此與大陸學者交換意見，發現大陸學界對簡化字也頗有怨言，認爲這樣簡化，不僅影響文化傳承，對社會教育，乃至漢字文化圈的統合發展，均有不良的作用。因此當時便籌議在北京舉行一次文字問題研討會，重勘簡化字之利弊得失。

「六四」以後，這個計畫當然無法推動了。但今春「統一聯盟」在北平訪問時，李壽林先生曾就簡化字所造成的問題一事，當面向江澤民抱怨。返臺後，立刻積極號召友人，希望能直接與中共當局商談文字問題。

幾經周折，拖到七月中仍不能定案。李先生已轉赴蒙古甘肅青海等地考察，我則去了西安洛陽鄭州，另外淡江中文系周志文先生也到東北內蒙等處。七月下旬，大陸才決定同意我們之建議，由「國家語言文字工作委員會」出面，舉行會談。時間訂在八月七日。

我們得訊後，分由各地趕往北平；臺大黃沛榮、靜宜朱歧祥、中正竺家寧諸先生也由臺灣飛去會合。即在七日會談了一整天。

中共「國家語言文字工作委員會」之前身就是上文提及的「中國文字改革委員會」，乃負責中共文字改革之最高指導及執行機構，各省市皆有分會。但除了有關政策之制定外，它亦爲一龐大的研究單位，在學術上納入「中國社會科學院」，稱爲應用語言研究所。行政管理方面，該委員會與新聞出版署、文化部、國家教委、中國地名委員會等，有直接關聯。學術研究方面則與各省級研究機構、中國語言研究學會、方言學等團體有密切聯繫。

幾十年來，該委員會主要策劃推動的文字改革，包含以下各項：一是漢語拼音；二是正詞法基本規則及施行細則；三、整理異體字，淘汰一〇五〇字；四、規範漢字字形，共計整理了六一九六字，對文字的筆順、筆劃次序、筆劃數等，皆予以標準化；五、更改地名生僻字；六、淘汰部份複字計量字，如千瓦、英寸等；七、漢字歸首及查字法，一九八三年提出統一部首查字法草案，爲二〇一部；八、簡化漢字；九、推行普通話；十、漢字資訊工程等。

在臺灣，對中共之文字改革工作實欠了解，權威著作如汪學文先生的《中共文字改革之演變與結局》，固然已經很不錯了，要說全面了解，實在還有一段距離。因此，這次會談，就深入了解大陸語言文字工作來說，我們實受益匪淺，畢竟不同於隔岸觀劇。

其次，這樣的會談，也提供了一個比較兩岸語文政策及語文研究狀況的絕佳機會。例如大陸羨慕臺灣推行普通話（國語）的成績，我們則更能進一步反省到推行國語背後隱涵的語言面及文化面諸問題。因爲臺灣近幾年盛行的臺語語文運動，有一部份原因即肇端於當初推行國語方法失當。因此，這樣的例子，便能提醒我們：爲政治或社會需要而施行一項語文政策時，應如何考慮其語言與文化問題。否則，社會必將爲該語文工程負擔相當沈重的代價。

又如中共大力進行漢字整理與文字規範，強用政治力量去控制文字，確有不少弊病；但做爲學術看，則是有價值的。我們教育部也編了國民常用字、次常用字表，也規定了標準字體，但至今仍無任何機構專門研究文字問題。連中文電腦輸入，都仍處於業界與學界分治的混亂狀態中，莫衷一是。政府從不關心、從不支持、從來不曾委託研究我們的語文政策應該怎麼辦，這難道不令人慚愧嗎？

再者，兩岸對相同問題的不同處理方式，也值得比較。像中文電腦，中共使用簡化字，處理起來未必便利，其字庫遠劣於臺灣電腦字庫的儲存量，交換碼也不夠迅速，且字的筆劃少、同音字太多，辨識也不容易，其成效恐怕頗不及臺灣。

至於拼音，從民國七年制定國語注音字母以來，學界總共提出過四百多種拼音方案，有些旨在注音，有些則希望取代漢字，走國際性拼音文字的路線。中共現在的拼音法，是選用拉丁字母，曾新創了六個字母，後來又取消，改將ㄐㄑㄒ三個音用JQX來表達，但予以變讀；然後再用國語注音符號稍予變通來標明聲調。這種辦法，並不理想，因爲既不符漢語之特質，JQX的讀音又不合乎外國習慣。根據這樣的讀音來讀，不可能讀出如注音符號標音那樣準確的漢語。但反過來說，注音符號也不是全無瑕疵的，因此我們新公布的注音符號第二式，與大陸的拼音法也有若干相同之處。

諸如此類，從學術上說，當然大可申論，彼此切磋。然若剋就其文字改革之宗旨而言，則其間便幾乎沒有轉圜的餘地了。因爲中共的文字改革，總體精神與方向，若是要將中國字轉換爲拼音系統，我們憑什麼妥協？

中共對此次會談，顯然十分在意，除了該委員會本身的負責人與專家之外，另邀了北大周祖謨、社科院語言所所長劉堅等十數位重要學者來參加。其中多爲我等景慕已久之學人，得親謦欬，實感榮幸。然於此大關節處，我們勢不能有所退讓。

爭論的結果，他們承認漢字拼音化工作已遭遇極大阻礙，恐怕是行不通了；即使要做，也是將來的事，現在可以不必管。目前的拼音法，僅做爲注音使用，不準備用來替代漢字。

但我們發現，他們對漢字拉丁化的工作畢竟仍未死心，例如現在正在做的拼音配合正詞法，可能卽是爲漢字拉丁化做準備的（像「朝陽門內・南小街」朝陽門是一個詞、南小街是一個詞，其詞序是由詞義來判定的，光注音根本無濟於事，也不需要在注音時分出詞序詞組。現在花大力氣去找規則、定詞組，除了便利於拼音化之外，可說毫無用途）。雖然如此，他們能正式承認失敗，宣布「暫時」放棄，仍是我們所樂聞的。關於簡化字，問題當然更多。第二批簡化字自公布以後，各方反應激烈，至民國七十五年中共明令宣告廢止。但第一批簡化字仍通用迄今。這一批簡化字，其實也是問題重重。這次朱歧祥先生就特別撰寫一篇論文，詳細檢討了其中混淆錯亂不合理的地方，帶到會上宣讀，引發了一些討論。

這些混淆錯亂，是連他們也不能不承認的。如門閘閃聞等門部字，門都簡化成门，開卻簡成开、關則簡成关。燈，簡作灯；鄧卻寫成邓。這個又字邊，竟然又可以入僅成仅；入艱成艰；入漢成汉；入勸成劝，簡直毫無規則，更談不上合理性了。其他無視於形音義之任何關聯，硬把馮京當馬涼，如以「叶」爲「葉」之類，等諸自鄶，又豈足深究？

大抵說來，這批簡化字造得毫無道理。他們雖然辯稱其中不少本係宋元以來之俗體字，但問題在於因俗就陋、因陋就簡，本身便可商榷。使用之後，事實上構造的又是個混亂的體系，徒增混淆，將文字系統原有的清晰、穩定與準確完全犧牲了。

如丁，不知道是指叮、丁、釘、盯、靪哪個丁？莫，是莫還是漠？胡，可能是胡，也可能是糊、葫、蝴、瑚、醐、餬、猢。採、采、綵、踩、睬，都是采。夸、垮、挎、誇全是夸。干，既是乾，也可能是幹、是贛。但乾坤的乾卻仍是乾。复，既是復，也可能是複。脏，可能是臟，但說不定又是髒。你搞得懂不？這個卜，你說是占卜的卜呢？還是蘿蔔的蔔？而且補、撲、樸、僕也都用這個卜，那麼，到底是「扑刀」，還是「撲刀」？

嘿嘿，你弄糊塗了吧。但這還是小意思，你只要到大陸街上一站，這家店賣面粉，你除非趴在他店窗上看，否則一定搞不清楚他是賣化妝品還是賣麵。那邊廂有人開午會，你也不能判斷他們是在開會還是在跳舞。

換言之，簡體字表，其實是一筆糊塗爛帳。無根據的亂簡，以及字型簡化不統一，使得漢字語根可能因此而消失，更造成了社會用字的粗俗簡陋和混亂。

民國七十五年起，大陸官方已經意識到各地社會用字混亂的現象日趨惡化，所以公布了一個通告，要求糾正改善。語言文字工作委員會最近這幾年的工作，主要就放在規範社會用字上面。但是情形並無改善。

因爲官方公布的簡體字總表本身便是個大混亂。而且，它提供了一個最糟糕的惡例，胡亂地使用「偏旁推類」和「同音替代」。民間當然也就遵照這種新的造字原則亂造一通，造得這些文字改革大員們瞠目結舌，力主取締。但只准州官放火，不許百姓點燈，是說不通的。凡事，上有好者，下必有甚焉者，其父殺人，其子必且行劫，始作俑者自己應該痛切反省，不能老是批評人民亂造字。

這當然不是說只要把簡化字總表中不合理的部份修改修改就行了。簡化字的問題，其實不在以上所舉的這些例子，而在於簡化工作本身的理念是錯的。

中共的學者往往辯稱推行文字簡化，有利於社會教育；又說由繁趨簡是中國文字的趨勢。此皆爲遁辭、皆爲謬論。

大陸推行簡化字三十年，文盲及半文盲，據估計達到八億五千萬；臺灣使用正體字，文盲數不及百分之一，簡化字眞有利於教育嗎？由簡化字之功能說，字體簡化，只對書寫速度有點小幫助；可是字形簡單化之後，辨義成份減少，字形近似，反而增加了認識的困難，對教育其實是不利的。

再說，自從印刷術發明以後，文字傳播行爲中，手書文字，乃其中極小一部份，對鉛印、打字或電腦鍵入來說，一個字多幾筆少幾筆，根本毫無意義。「一」固然是一個字模敲一次，「龔」也仍是用一個字模敲一次。簡化字的功能，如此之有限，在教育上又有如此大的毛病，何苦費盡牛力去推行呢？

硬說中國文字發展的總趨勢是由繁趨簡，則更荒唐。

中國文字有由繁而簡者，亦有由簡而繁者。林漢仕《說文重文彙集》一書曾做過統計，古籀繁於篆文者，即有四百餘字；篆文繁於古籀者僅得二百八十餘字。現在楷書，字形比篆文籀文簡省者有八十餘字；比篆文籀文繁複的則有六十餘字。因此，字形之漸簡漸繁，約略相當，但整個趨勢卻是繁化。因爲這涉及字義的分化問題。

如侖，後來分出輪、倫、論、綸等含義，便得另加義符以示區分，此即文字的孳乳，所謂：「形聲相益、卽謂之字。字者，言孳乳而寖多也」。這才是中國文字演進的基本原則。中國字裏形聲字佔了百分之七十以上，大抵皆依此原則而形成者，如句，分化孳乳出了鉤、朐、笱、痀、翑、枸、苟、姁、雊、約、軥等字。造成中國字字數不斷增加，也是由於這個緣故。

現在，中共膠執於由繁趨簡之說，逆其勢而行，反而放棄了分化辨義的原則，強將不同義者歸併爲一字，如發與髮，都寫成发；彌與瀰，都簡作弥；曆歷，全改爲历；鐘鍾，都成了鈡；團糰，都變团；壇罈，皆爲坛；矇濛懞，皆爲蒙；縴纖，俱作纤；盡儘，均作尽………。居然還沾沾自喜，謂已改革了中國文字，豈非癡人說夢？

就算以上各點都不談了，我們也應曉得：簡化字除非意在替代原有正字，否則它就是似簡實繁的一套東西。原有正字不能廢除，也要認，生童又另外要多認這兩千七百多字，豈不寃枉！

而事實上，依兩千個常用字的標準來考察，簡化字又簡化了多少呢？兩千常用字，原筆劃爲二二三七五劃，平均每字十一點二劃。簡化後，凡一九五六〇劃，平均每字九點八劃。每字只少了一點四劃。若說少了這一點四劃，便能推廣教育、便利書寫，那也只能信其爲二十世紀之怪譚罷！

以上這些道理，語文工作委員會諸公及各大學語文學者，難道會比我這個外行人還看不清楚嗎？無奈文字改革不是個學術問題，而是個政治問題。

政治人物自命通人，立下指導方針，工作小組便只能衝鋒陷陣。這也是時勢使然，無可深責。所幸經過這番論辯，他們同意對漢字之簡化應持謹愼的態度，目前不再繼續推行。但他們也不能接受我們的建議：立刻放棄既有的簡化字表。理由是已施行三十幾年，驟然放棄，民眾無法適應，必造成更大的問題。現在可能的辦法是「識繁寫簡」。因此，增加、逐步增加正體（他們稱爲繁體字）在公眾場所及文書上出現的頻率，可能是亟待推行的課題了。

這大概已是他們所能接受的底線。將來如果再進一步溝通討論，也許能更細緻地協商一些做法與觀念。本文簡單描述會議經過，其中許多地方當然未及詳敍。但這不是專門討論語文問題的論文，我只是想讓社會上了解：有一羣書生，只爲了關心中國文化之發展、關心中國語文之處境，自願自費自動地去做了一件這樣的事，目前做到了這個地步而已。報告此事，也不是爲了自我表功，而是想重新呼籲大家注意這個問題，號召更多同道來參加我們的行列。

我們這次運用這樣的模式，直接與中共主管語文工作者去談，效果可能比從前在外面聲嘶力竭地「批判」好得多，對中共語文改革的了解也更全面些。許多觀念與問題，當面討論，也容易溝通解決。

因此，我們準備籌劃第二度的會談，希望能有更豐碩的成果。總之，不合理的東西，不應存在。信執道守著，不僅無所避讓，更應主動前去，告訴他們眞理。這就是我們小小文化人的堅持。

七十九、九、二十四・《中央日報》